冴える木刀

見倒屋鬼助 事件控5

喜安幸夫

二見時代小説文庫

目次

冴える木刀――見倒屋《みたおしや》鬼助《きすけ》 事件控 5

一　若旦那

一

風が強い。

冬の潮風が身を刺す。

「ひーっ、冷てえ」

「おっとっと」

大八車の軛《くびき》に入っていた市左《いちざ》が、海浜から吹き上げてきた波しぶきを跳び上がって避けようとし、横ならびに街道の内側を歩いていた鬼助《きすけ》の脾腹《ひばら》を轅《ながえ》が打った。

「すまねえ、兄イ」

「こっちこそすまねえぜ。おめえを波しぶきの盾《たて》にしちまってよう。代わろうか」

「いや。田町《たまち》の町並みはすぐそこだ。もう波しぶきは受けなくならあ」

と、鬼助と市左の二人はいま、カラになった大八車を牽《ひ》き、江戸湾の袖ケ浦《そでがうら》に沿った街道を北に向かっている。品川《しながわ》からの帰りだ。二人とも股引《ももひき》に腰切半纏《こしきりばんてん》を三尺帯《さんじゃくおび》で決めた職人姿である。

事情を抱えた者の足元を見倒《みたお》し、家財を捨て値で引き取る見倒屋《みたおしや》稼業がいかに利《り》鞘《ざや》が多いとはいえ、そういつも夜逃げや駆落《かけお》ちがあるわけではない。ときには火急《かきゅう》で人目をはばかるものではない、ごく一般の荷運びもする。

自分たちの棲家《すみか》に近い大伝馬町《おおでんまちょう》の家具屋の番頭が、めでたく暖簾《のれん》分けで品川に店を構えるというので、その家財を運んでの帰りである。

江戸湾の袖ケ浦に沿った東海道は、品川宿を出ると江戸・田町の町並みに入るまで片側が海浜で見晴らしはいいが、風の強い日などは波しぶきが潮騒《しおざい》とともに街道にまでふりそそぐことがある。ちょうど、きょうがそうした日だった。

浅野《あさの》家改易《かいえき》より八月《やつき》が過ぎ、元禄《げんろく》十四年（一七〇一）も霜月《しもつき》（十一月）になっている、雲の低くたれこめた風の強い日だった。

さきほど、泉岳寺《せんがくじ》の山門から急な下り坂となって延びる短い門前町の通りが、東海道にぶつかり丁字路になっているところを通りかかったとき、

「――兄イ、寄って行くかい」

「――いや、またにしよう。指がこうもかじかんじまったんじゃ、手もまともに合わせられねえ」

と、素通りしたところだ。

元堀部《ほりべ》家の中間《ちゅうげん》であれば、堀部弥兵衛《やへえ》や安兵衛《やすべえ》のお供でならともかく、やはり単独で内匠頭《たくみのかみ》の墓所にお参りするのはかえって憚《はばか》られる。それに、いまにも霰《あられ》か雪でも落ちてきそうな雲行きである。街道を行く荷馬も大八車も往来人も、降らぬうちにと急ぎ足になっている。鬼助たちの大八車も、急ぎの車輪の音を立てている。あいにく笠をかぶって来ておらず、いかに泉岳寺の前を通ったからといって、ゆっくりと墓参などしておられない。

そこへ霰や雪よりも波しぶきをかぶり、鬼助が軛の中を〝代わろうか〟と言ったのは、単に潮風をまともに受け大八車を代わって牽こうかといった意味だけではなかった。

泉岳寺門前の丁字路のところを通り過ぎようとしたときだった。

（ん？）

と、鬼助は横合いの門前町の通りから強い視線を感じた。

通り過ぎた。

（うーむ）

と、その視線がまだ背に張りついているのを感じる。

（尾《つ》けてやがる）

その感触が背から消えない。

市左はまったく気づいていないようだ。その市左に告げて、

『えっ、尾行？　どれ』

などと振り返れば、相手に覚《さと》られることになる。

鬼助は、堀部安兵衛や高田郡兵衛《たかだぐんべえ》、松井仁太夫《まついじんだゆう》こと不破数右衛門《ふわかずえもん》らの秘めた存念成就《じょうじゅ》のため隠れた手足になろうとしている。というより、すでになっている。そのような鬼助だから、たとえ参拝はしなくとも、浅野内匠頭の眠る泉岳寺の門前町の前を通っただけで、無意識のうちに体が敏感になっていたのかもしれない。

尾けている者がいるなら、ふり返れば分かるかもしれない。だが、鬼助は慎重だった。分かっても、対手《あいて》にも気づいたことを覚られ、かえってその正体がつかめなくなる。気づかれぬように、尾行者の有無《うむ》を確かめる方途はないか……。

海からの波しぶきを受け、市左が跳び上がったのはそのようなときだった。

「まあ、そう言わずに」

鬼助は轅《ながえ》をつかんでむりやり大八車をとめ、その瞬間に背後へちらと視線をながした。

前方とおなじで、荷馬や大八車、町駕籠《まちかご》などが目に入る。それ以外で目についたのは、お店者《たなもの》風が三人、旅姿の男が四人、ご新造《しんぞ》風が二人だった。もちろん、それ以外にも往来人はいる。ともかく歩く方向が大八車とおなじで急ぎ足の者……ご新造風の二人を除き、他の七人を慥《しか》と脳裡に収めた。

太陽が出ていないので時刻が分からない。低くたれこめた灰色の雲に、あたりは夕刻のように薄暗いが、本来ならまだ明るい時分である。

誰もが天候の崩れるのを予見しているのか、街道にそぞろ歩きの者などはおらず、いずれもが日の入り前のように急ぎ足になっている。そのなかに大八車の車輪の音を立てながらひたすら北に進み、田町も芝《しば》も過ぎ、すでに繁華な京橋《きょうばし》が近くなったところで、とうとう霰が落ちてきた。茶店の和泉屋《いずみや》の前だった。南町奉行所同心の小谷《こたに》健一郎《けんいちろう》と談合するとき、いつも使っている店であり、おやじも茶汲み女たちも顔見知りである。

「おう、ここでちょいと笠を借りようぜ」

と、大八車をとめ頰かぶりの頭で暖簾を分けた。いつもなら街道にまで縁台を出しているのだが、きょうは天候の加減か出していない。

暖簾を分けるとき、来た道にちらと視線をながした。

いた。

田町を過ぎるあたりで草鞋《わらじ》の紐を結び直すふりをしてちらとふり返ったが、目串《めぐし》を刺した七人のうち、一人を確認した。かなり年配のお店者風だ。その者が、まだ視界のなかにいたのだ。

笠を借り、外に出てかぶりながらふたたび視線をながした。

年配のお店者が霰の落ちるなか、雨宿りでもするように軒端《のきば》に身を寄せ、和泉屋のほうを見ており、暖簾から鬼助と市左が出てくると、あわてて目をそらせた。その瞬間を、鬼助は横目で視界に入れていた。

もう間違いない。年配のお店者風は泉岳寺のあたりから鬼助と市左を尾け、此処《ここ》まで来た……。

鬼助の知らない顔だ。加えて、人を尾けるのにまったくの素人《しろうと》といったようすである。これまで鬼助も市左も、見倒屋稼業の商売柄、もめごとに巻き込まれ、人を尾けたことは幾度かある。小谷同心の隠れ岡っ引として、御用の筋の色が濃い尾行もしたことがあり、その手ほどきを玄人《くろうと》の小谷から受けている。その観点から見ても、二人を待ち伏せていたのではなく、たまたま見かけて尾けだした……といったように感じられる。

ならばこのお店者……泉岳寺からというのは気になるが、その素人ぶりから、吉良《きら》や上杉《うえすぎ》の手の者ではあるまい。

（えっ、まさか、市左を尾けている？）

瞬時、鬼助の脳裡をかすめた。

見倒屋などとは、なかばやくざな稼業である。だが市左にはそうした無頼《ぶらい》のにおいがない。他人の足元を見透かすよりも、逆に市左が自称するように〝ホトケの市左〟で、やっていることは、家財の買い叩きはするが夜逃げや駆落ちの手助けで〝お助け屋〟と名乗っているのも一理はある。だから鬼助も市左に請われるまま、そのお先棒を担いでいられるのだが、

（以前はいったいなにを）

気になるときがよくある。いまもその疑念が湧いてきた。

「さあ、もうひと走りだ」

「おう」

鬼助が軛の中に入って市左がその横にならび、なかば駈け足になった。

急ぎ足の往来人を追い越した。

向かいから来た大八車も急ぎ足だ。

和泉屋から京橋を過ぎ、日本橋でも橋板を霰が白い川のように流れ、

「おう、すべるんじゃねえぞ」

「兄イこそ」

と、白い息を吐きながら用心深く歩を踏み、ゆるやかな太鼓状になっている一番上に来たとき、ひと息入れるふりをして背後に目をやると、視界が霰に白くさえぎられているせいか、尾行の男は確認できなかった。

日本橋を過ぎ、神田の大通りから大伝馬町《おおでんまちょう》への枝道へ入るとき、また軛の中と外を交替し、笠の下から来た道にちらと視線を投げた。霰がひとしきり激しく落ちていたせいか、人の影はあってもそれとは確認できなかった。

大伝馬町と小伝馬町《こでんまちょう》の境に位置する百軒長屋《ひゃっけんながや》への枝道に入ると、人通りは極端に少なくなる。というより、この霰の落ちるなか、いま往還に動く影はカラの大八車を牽く鬼助と市左だけだった。

（やっこさん、あきらめやがったか）

鬼助は思ったが、決して気のせいとは思わなかった。高輪《たかなわ》の泉岳寺を過ぎたあたりから背に感じた人の視線は確かで、京橋の和泉屋では慥《しか》とその姿を確認したのだ。

鬼助が市左にそれを話したのは、百軒長屋に隣接する棲家《すみか》に帰り着き、

「ともかく湯に浸《つ》かろうぜ」

と町内の湯屋に急行し、湯舟で硬直した全身をほぐし、ひと息入れてからだった。

棲家の居間の箱火鉢《はこひばち》に炭火が入り、二人とも褞袍《どてら》を着込んでくつろいでいる。

「尾《つ》けられた？」

と、やはり市左はまったく気づいていなかったようだった。

しかし、

「えっ、泉岳寺のあたりから!?」

と、尾行がついた場所に、異常な反応を示した。

鬼助は内心、

（ん？）

驚き、箱火鉢に手をあぶりながら、

「どうしたい。なにか心当たりでもあるのかい」

「い、いや。なんでもねえ。なんでもねえんだ」

と、なぜか強く否定した。

(なにかある)

逆に鬼助は直感した。

二

夜中の風が雲をいずれかへ吹き飛ばしたか、翌朝は青空に日の出を拝める一日となった。雪と違って積もることもなく、とけた霰が地面を湿らせ、土ぼこりのないのが心地よい。

小間物行商のお島《しま》をはじめ、奥の長屋の住人たちで出商《であきな》いや出職《でじょく》の者が出はらったあと、

「さあ。俺たちも出かけるか」

鬼助は開けたばかりの縁側の雨戸を閉めにかかった。

男やもめの暮らしのなかで、起きてすぐに出かけると分かっているときでも、大雨や大風でもない限り、市左は縁側の雨戸を全開にする。棲家の縁側は裏の長屋への路地に面しているため、長屋の住人は毎日そうした市左の生活ぶりを見ているので、見

倒屋などというやくざな稼業でも、

「――なんともきちんとした人」

と、決して評判は悪くない。それどころか、市左が見倒してきた古着の洗濯や家具類の修繕を請け負っており、恩恵にまであずかっているのだ。お島などは小間物の行商で町々の路地裏や商家の裏手、はては武家屋敷の勝手口にまで出入りしており、町に夜逃げや駆落ちのうわさがあれば即座に市左に伝えるなど見倒屋のご用聞きもやっており、成功報酬の割前《わりまえ》を得ている。

けさも、

「――よかったあ、晴れてくれて。またなにかいいうわさ、拾って来ますからね」

と、朝日を受けながら縁側に声を入れ、おもての通りへ出て行ったものである。お島が市左たちにいう〝いいうわさ〟とは、夜逃げか駆落ちか倒産しそうなお店《たな》の話だから、まったく因果な商売である。

そうした人生の裏道を行くような商いで、市左はなんとも几帳面《きちょうめん》な生活を送っている。けさも縁側の雨戸をすべて開けたが、朝早くから出かけることは、昨夜のうちに鬼助が話していた。きのう京橋の和泉屋で借りた笠を返しに行くというのである。たかが笠を返すのに、大の大人が二人もつながって……。

きのう鬼助が、

「――尾行の目は京橋までだった。俺たちが和泉屋で笠を借りたものだから、そこでなにか聞き込みを入れたのかもしれねえ。それを逆に聞き込みに行くのよ。やっこさんの正体をつかまねえことにゃ、どうにも気になってならねえ」

と、言ったものだから、市左もやはり気になるのか、

「――兄イ、俺も行くぜ」

と、早朝に二人そろって出かける仕儀となったのだ。言ったとき、市左は真剣な表情だった。

このように、開けてもすぐ閉めることが分かっている場合でも、それが朝の明かりを部屋に入れるか空気の入れ替えをするためなら、半分も開ければ充分なのに全開である。

鬼助は以前、なぜそんな面倒で無駄なことをするのか訊《き》いたことがある。

「――へへ、きょう一日を迎えるためのけじめってやつでさあ」

市左は応えたものだった。その〝けじめ〟を市左は、どんなに夜更かしをした日でも、どんなに疲れているときでも、欠かしたことがない。

(――こやつ、以前はどんな日々を送っていたのか)

思ったことがある。というより、いつも思っている。

いまも開けたばかりの縁側の雨戸を閉め、二人は出かけた。

きのうは激しい霰で閑散としていた神田の大通りは、まだ朝のうちというのに人通りが多い。風呂敷包みを背負った行商人に、小僧をお供に連れた商家のあるじ、荷を満載した大八車に荷馬の列、中間《ちゅうげん》を従えた武士も歩いている。きのう霰が降ってできなかった仕事を、きょうは朝から取り戻そうとしているような活気が往来に満ちている。地面に湿りがあり、諸人《もろびと》がどんなに動いても土ぼこりの立たないのがありがたい。そのなかに鬼助と市左は股引に腰切半纏の職人姿で、肩をならべて歩いている。

職人姿でも鬼助は、脇差《わきざし》仕立ての木刀を腰の背に差している。

市左はいつも、

「――兄イ。腰切半纏に木刀なんざ似合わねえぜ」

などと言うのだが、十五歳のときに堀部家の中間に入って以来、もう二十年間も木刀を身に帯びてきたのだ。すでに体の一部になっており、いかに紺看板《こんかんばん》に梵天帯《ぼんてんおび》の中間姿から腰切半纏に三尺帯の職人姿にかたちを変えたとはいえ、外へ出歩くとき木刀なしではどうも落ち着かないのだ。

ときにはそれが威力を発揮することもある。なにしろ堀部安兵衛直伝《じきでん》の剣術を身につけており、並の武士なら真剣の大刀でも鬼助の脇差仕立ての木刀にかなわないほどである。町場でそうした場面が幾度かあった。そのたびに市左は仰天《ぎょうてん》し、それが悪党を懲《こ》らしめる剣技であれば、手を叩いて喜んでいた。

周囲にならい、鬼助たちも足を速めた。すこしでも早く、きのうの尾行が何者だったのか知りたい思いに駆られている。

速足のなかに鬼助は言った。

「きのうの得体の知れねえ男、俺には心当たりがねえ。ひょっとしたら、おめえを尾けていたのかもしれねえぜ」

「まさか、あっしが他人《ひと》さまに尾けられるなんて」

と、市左は顔を左右に振ったものの、

「その者、年配のお店者風だったので?」

と、問い返した。

やはり心当たりがないわけではなさそうだ。それにしても見倒屋稼業に関わることなら、直接声をかけてきそうなものである。

(それが、なぜ尾行?)

鬼助の興味はさらに高まり、市左は終始なにかを考え込むような表情だった。

街道に沿った茶店は、色街や門前町と違い日の出から日の入りまでと、諸人の動きに合わせた営業をしている。

二人の足が喧騒《けんそう》の始まっている日本橋を過ぎ、つぎに橋板を踏む大八車や下駄の響きが聞こえて来るのは京橋である。そこを過ぎると和泉屋はもう近い。

縁台がすでに街道に出され、寺社参りだろうか朝早くに家を出たのだろう。年増《しま》のご新造風の女が三人、縁台で陽光を浴びおしゃべりに興じながら湯気の立つお茶をすすっていた。その脇を、

「へい、ご免なすって」

と、すり抜け、暖簾を頭で分けた。

きのうとおなじ茶汲み女が、

「あらら、鬼助さんと市左さん。きょうはまたお早うに」

「おう、きのうは笠をありがとうよ。あの白い玉だ、助かったぜ。さっそく返しに来たんだがよう」

「あーら、笠なんかいつでもいいのに。いまお茶を淹《い》れますから」

と、茶汲み女は縁台を手で示した。暖簾の中の縁台には毛氈《もうせん》が敷いてあり、奥につづく通路を進めば、襖《ふすま》ではなく座敷とはいいがたいが、板戸で仕切った部屋がならん

でいる。小谷同心と一緒のときは、いつもその一番奥の部屋に入る。店のほうでは鬼助と市左なら御用の筋と知っているので、お茶一杯で金を取ったりはしない。だが鬼助は、

「いや、いいんだ。きょうは笠を返しに来ただけで、すぐ帰《けえ》らあ。それよりもきのうよ、俺たちが笠を借りて行ったあと、誰か来なかったかい。きのう、新しいお客とこの京橋の近くで落ち合うことになっていたのよ。ところがあの天候よ。お互い顔も知らねえ、住まいも知らねえ同士なもんだから、どっかですれ違ったらしいのよ。迷子になりゃあ此処《ここ》で訊きなと言っておいたのだが、伝馬町に帰ってからも待てど暮らせど来ねえもんでよ」

「あら、だったらやっぱりあの人がそうだったのですね。伝馬町の百軒長屋でホトケの市左さんと言えば分かるからと教えたんだけど、行かなかったのですか」

　と、鬼助の巧みな問い方に茶汲み女は乗ってきた。

「あぁ、やっぱり来たんだ。伝馬町まで来なかったのは、白玉のせいかなあ。ひどい降りだったからなあ。おめえも知っているだろう、俺たちの因果な稼業をよう。会うまで客の顔も名も知らねえってことはよくあるのよ」

「で、どんな人だったたい」

鬼助が返したのへ、市左がつなぐように問いを入れた。

「そういうことだったのですかい」

と、奥から茶店のおやじも店場に出てきた。お客はおもての縁台の三人だけで暖簾の中にはおらず、鬼助たちはそこで立ち話になった。

和泉屋の者はおやじも茶汲み女たちも、鬼助と市左のおもての稼業が見倒屋で、その一方で南町奉行所の小谷健一郎同心の耳役《みみやく》をしていることを知っている。いわば和泉屋は小谷同心御用達《ごようたし》の茶店であり、御用の筋でなくとも鬼助と市左にはなにかと協力的になる。

きのう鬼助と市左が笠を借りに来て帰ったあと、すぐに五十がらみの実直そうなお店者風の男が店に入って来て、

「――さっきここで笠を借りて行きなさったお人ら、どこのなんというお人でございましょう。あ、いえ。決して怪しい者ではありません。荷運び屋さんなら、わたしもちょいと頼みたい仕事がありましてね。こんな天気のくずれた日にも車を牽いていなさるなど、仕事熱心なお人たちと思いましてね」

と、訊《き》いたという。

それが実直そうなお店の番頭風だったのでなんら怪しむことなく、伝馬町の百軒長

屋の場所を教え、見倒屋とは言わず、市左が自称していた〝ホトケの市左〟と教えたというのである。

見倒屋に仕事を頼もうとしている人なので敢えて名は訊かず、

「気にはなっていたのですが、やはり教えてもさし障りなかったのでございますね」

と、あるじはいまさらながらに安堵《あんど》したように言う。見知らぬ者に百軒長屋の住まいを教えたことを気にしていたようだ。

「ああ、それでいいのさ。こうした稼業でも、他人さまに場所を知ってもらわにゃあ商いにならねえからなあ」

「ごもっともで。はい、これでやっと安心しました」

鬼助の言葉に、あるじも茶汲み女も安堵の表情になり、

「きのうそのお人、伝馬町へ訪ねて行かなかったとしたら、きょうあたり」

「そうかもしれねえ。おう、市どん。その人が訪ねて来なすって、俺たちが留守にしていたんじゃ申しわけねえ。早々に引き揚げようぜ」

「おう、そうしよう」

と、鬼助と市左は縁台に座ることなく、立ち話のまま外へ出た。ほんとうにきのうとは打って変わり、人も荷馬もくっきりと地面に影を落とし、小春日和《こはるびより》を思わせる一

日となっている。

二人は街道の人混みのなかに、来たときと同様、速足になった。きのうの霰《あられ》のなかの尾行者が、きょう実際に伝馬町に来て百軒長屋のあたりを徘徊《はいかい》しているかもしれないのだ。

鬼助はまだ湿り気のある往還に歩を踏みながら、

「市どん。おめえ、五十がらみの実直そうなお店者とやらに、心当たりがあるんじゃねえのかい」

市左の横顔へ確かめるように視線を向けた。

「い、いや。実直そうな番頭さんなんざ、どこにでもいまさあ」

市左は慌てたように返した。鬼助と目を合わせないように、前方に顔を向けたままである。

歩を進めながら、

(やはり市左に関わりがあるようだ)

鬼助には思えてきた。

市左は自分の以前はなにも語ろうとしないが、

(尾行の者、姿を現わせ)

鬼助は胸中に念じた。現われれば、

(市左の以前が明らかになるかもしれぬ)

そう思えてきたのだ。

大伝馬町への通りに入り、百軒長屋への枝道に入った。表通りで整然と並んでいた民家や商舗が姿を消し、小ぢんまりとした家々が雑然とならび始める。ひときわ雑然としているあたりが、裏長屋の密集する百軒長屋である。一部が大伝馬町で一部が小伝馬町になっており、近在の者はそれをひとまとめにして〝伝馬町の百軒長屋〟と呼んでいる。そこで〝ホトケの市左〟といえば、長屋ではなく造作は雑だが小さいながらも一軒家なのですぐに分かる。

百軒長屋の界隈《かいわい》に入った。井戸端で洗濯をしていた女が、

「おや、市さん。また古着の洗濯、まわしておくれよね」

「ああ、そのうちなあ」

声をかけてきたのへ市左は返し、通り過ぎた。界隈で市左は、けっこう知られた存在である。そこに居そうろうする鬼助は、

「――以前はお武家の中間さんだったそうな」

と、知られてはいるが、赤穂《あこう》藩ゆかりの中間だったことは知られていない。鬼助は

市左にそれを口止めしているのだ。

　椄家の出入り口の前まで帰った。

「あらら、市さん、鬼助さん。どこへ行っていたのさ。お客さんが二人も来なすったよ」

「お客が二人？　誰と誰でえ」

　奥の長屋のおかみさんが、大きな声で言いながら椄家の横の路地から走り出て来たのへ市左が返し、玄関口の前で立ち話になった。雨戸は閉まったままで、まだ午前《ひるまえ》である。

「お一人は立派な身なりのおさむらいだけど気さくな感じで、とても見倒しの仕事に関わりがあるようには見えなかったよ。なにか別の用かねえ。鬼助さんは元武家奉公をしてなさったそうだし」

　と、おかみさんは自分の感想を交えて話し、

「そう、名前は加瀬充之介《かせみつのすけ》といっていた。鬼助さんに所用があって来たことを伝えておいてくれ、と」

「おっ、加瀬の旦那か」

　鬼助の目が光った。

親の代からの浪人者で吉良《きら》家に召し抱えられた用人《ようにん》である。その荷物を鬼助と市左が運び、その縁で吉良家の家財を呉服橋《ごふくばし》御門内の旧邸から本所《ほんじょ》の新邸に運ぶ荷駄群にも加わり、浅野家ゆかりの者で上野介《こうずけのすけ》の顔も見て新邸の中にまで入ったのは、鬼助ただ一人となっている。

だが新邸に入ったのは改築中のときであり、落成したあとは入っていない。

(なんとかして改装なった屋敷内に入りたい)

日ごろから思い、堀部安兵衛からも期待されている。

尾行のことはしばし忘れ、

「市どん、これからすぐ加瀬の旦那のところへ行こう」

すでに鬼助は、開けかけた玄関の雨戸から手を離し、草鞋《わらじ》の足を帰って来た方向に向けていた。

「兄イ、ちょっと待ってくんねえ」

市左は手で鬼助をとめる仕草をし、

「で、もう一人のお客とは?」

長屋のおかみさんに向きなおった。

「あれねえ、お客と言えるかどうか。どうもみょうなんだよ」

「みょうって、どんなふうに」

「五十がらみで、お店《たな》の旦那か実直な番頭さんみたいで、こんな百軒長屋には似合わない人だったよ。ホトケの市左って、どんな人だって。二人いたが、若い方のことを聞きたいって。だから鬼助さんじゃなくって、市左さんのほうを訊いているようだった。大八車を牽いていたが、仕事はなんだって、根掘り葉掘り。それに、いつごろからここに住んでいるかってことまで訊くから、十年もまえからだっていうと、大きくうなずいたりしてさあ」

「十年じゃねえ。俺がここへ住みついたのは八年めえからだ。それで、俺が具倒屋だってことも話したかい」

「そりゃあ、まあ。仕事を頼みに来たのかもしれないし。荷運び屋もやっているって言っておいたよ」

　おかみさんは応えた。五十がらみの男が聞き込みを入れたのは、いま話しているおかみさんだけではないだろう。いくらか小遣いを握らせ、近辺でもかなり聞き込んだことだろう。

「兄イ。悪いがその野郎、また来るかもしれねえ。俺、ここに残るぜ」

「そうか。じゃあ俺一人で行ってくらあ」

やはり五十がらみの実直そうなお店者風は、市左がお目当てのようだった。鬼助にとっていまはそのことよりも、

(堀部安兵衛さまに、またとない報告ができるかもしれない)

胸にはずむものを感じている。

「市左さん、ご免よ。あたしゃ喋りすぎたかねえ」

「なあに、いいってことよ」

背後に、市左とおかみさんの話しているのが聞こえた。

(その男のこと、あとでゆっくり聞かせてもらうぜ)

鬼助は念じ、本所に向け急ぎ足になった。

腰の背には木刀を差している。鬼助にとって木刀は武士の刀のようなものであり、それがある限り、心情的にはいまなお堀部家の中間なのだ。

三

大伝馬町の通りから両国広小路に出た。芝居小屋や見世物小屋がかかり、着飾ったそぞろ歩きの男女へしきりに呼び込みの声をかけ、その近くには屋台のそば屋や汁粉《しるこ》

屋《や》がならび、広場を取り巻くように暖簾をたなびかせている常設の茶店からは茶汲み女たちが呼び込みの黄色い声をながしている。きのうの霰《あられ》には、それらが一斉に店仕舞いにかかり、往来人は走り、けっこう混雑したことであろう。

そうした両国広小路に面した米沢町《よねざわちょう》の枝道を入ったところに、堀部安兵衛の浪宅《ろうたく》がある。広場の人混みを抜け、周囲の大八車や下駄の響きに混じって両国橋の橋板に歩を進めながら、

（帰りに立ち寄るのは米沢町にしようか、それとも本所三ツ目にしようか）

と、早くも胸に算段しはじめている。堀部弥兵衛や安兵衛らが最も知りたがっている、吉良邸の内部を探った報告である。

両国橋を東に渡って本所に入れば、橋のすぐ下流に掘割《ほりわり》の竪川《たてかわ》が大川《おおかわ》に流れ込んでいる。その大川への河口から竪川に一ツ目橋、二ツ目橋と橋が架かっており、橋の名がそのまま町名にもなっている。その一ツ目と二ツ目の中間の北岸に吉良邸があり、三ツ目の南岸に安兵衛の開いた道場がある。

至近距離で見張るにも打込むにも至便なのだが、外からでは邸内のようすは分からない。それを弥兵衛も安兵衛も、鬼助に期待しているのだ。

広大な吉良邸の裏門に鬼助は訪《おとな》いを入れた。耳門《くぐりもん》が開き、六尺棒を小脇にした門

番が顔をのぞかせ、

「おう、おまえさんかい。加瀬さまだな。ちょっと待っていな」

と、内側の門番詰所《つめしょ》に案内された。

(なんでえ、またかい)

鬼助は軽い失望を覚えた。これまでも幾度か吉良邸に加瀬充之介を訪ねたことがある。いずれも鬼助のほうから、荷運びの仕事はないかとご用聞きに行ったのだ。そのたびに門番詰所で待たされ、奥から加瀬充之介が出てきてそこから中へは入れてもらえなかった。

「――いやあ、むやみに外来者を中に入れてはならぬと言われておるのでなあ」

と、加瀬は言っていたが、こたびは加瀬充之助のほうから用事があって伝馬町に鬼助を訪ねて来たのだ。

(門番詰所ではなく、中に入れてもらえるかもしれない)

一縷《いちる》の望みを鬼助はまだ捨てていない。

かつて荷運びで中まで入ったとき、新たに浪人を雇い入れたり上杉家から助っ人が来たときの住まいとなるお長屋は、まだ広い庭の地面に縄張がしてあるだけで、母屋もどこが増築されどのような仕掛けが設けられるかは分からなかった。お長屋はすでに完成し、幾人かの浪人が入っており、家士に取り立てられた加瀬充之介はそこに寝泊まりしている。そのお長屋を、鬼助は見たいのだ。見れば幾人くらい入れるか見当がつけられる。

　待つほどもなく、

「やあ。さっき伝馬町に行ったときは留守だったなあ。そなたのほうから出向いて来てくれてありがたいぞ」

　と、加瀬充之介が、取り次いだ門番と一緒に奥から出て来た。

　やはり中には入れてもらえなかった。ならば、どのような用事か。そこに期待を寄せるしかない。

　加瀬は人払いをし、門番詰所は加瀬と鬼助の二人だけとなった。土間と板敷きだけの部屋だ。その板敷きに腰を下ろし、

「実はなあ、おまえも知っているだろう。この屋敷ではいましきりと浪人者を雇っている。俺もその一人だが、こうして家士に取り立てられ新規雇い入れの浪人の吟味を任せられているのだが……」

　加瀬は話しはじめた。

　それによると、先日また三人ほど雇い入れたらしい。ところがそのうちの一人が酒

癖が悪く、周囲ともうまくやっていけないので放逐《ほうちく》したという。

「そういうことがつづけば、屋敷の内部を知った者を幾人も江戸の町へ放つことになる。そこで雇い入れるまえに、まず赤穂藩ゆかりの者でないか。さらにその者の日常の暮らしぶりも丹念に調べることになってのう」

やはり浪人者を雇い入れている。

加瀬の言葉はつづいた。

「新たな者の出自《しゆつじ》は、これは骨が折れるから上杉家の目付《めつけ》が秘かに調べ、日常を調べるのが俺に任されたのよ。これは市井《しせい》のことゆえ、浪人暮らしの長い俺が適任だということらしい。なにやらくすぐったい気もするがなあ。それをおまえと市左にやってもらいたいのだ。おまえたち見倒屋なら、人の裏を嗅ぎまわるのは得意だろう。このことはもう山吉新八郎《やまよししんぱちろう》どのにも通じてあるのだ。あのお方が雇い入れた浪人たちを束《たば》ね、おれがその助役《すけやく》といったところだ」

「ああ、あの山吉さまですかい」

と、鬼助は山吉新八郎と面識がある。上杉家から吉良家に移籍した三十がらみの精悍な武士である。吉良家の引っ越しの荷駄の総差配が山吉新八郎で、そのとき鬼助は山吉と話をしたことがある。だから加瀬も山吉に、鬼助たちに市井での調べを任せたいと話しやすかったのだろう。

「そこでだ」

と、加勢は具体的な内容に入った。

「さっそく当たってもらいたい浪人者が二人ほどおる。名は松沢伝兵衛《まつざわでんべえ》と村山次三郎《むらやまじさぶろう》というてのう。街道沿いの田町六丁目に住まいしているらしい。存じておるだろう、あのあたりは茶店が多く、町の者に頼まれてあの一帯の用心棒をしているらしい。その二人が当屋敷に防御の武士として入りたいと申し入れて来てのう。その二人の日常を調べてもらいたい。実際、町の役に立っている用心棒ならいいのだが、無頼の者であっては困るでのう。酒癖も合わせ、そこを見極めてもらいたいのだ。もちろん当屋敷から手当は出る。荷運びよりもいい仕事だ。どうだ、市左と二人で。おぬしたちなら信用できるでなあ」

田町といえば、きのう品川からカラの大八車を牽き、崩れそうな空模様とともに、泉岳寺の前あたりからついた尾行を気にしながら帰った街道沿いの町場だ。なるほど街道の両側には茶店がならび、性質《たち》の悪い酔客などがおれば、用心棒の一人や二人は必要かもしれない。

「承知いたしました、加瀬さま」

鬼助は請け負った。このときついでに、

『いま、お長屋には幾人くらいお侍が入っておいでで？』

訊こうとしたがひかえた。きょう請けた仕事をうまくやれば、また頼まれることもあろう。それをくり返しているうちに、訊かずとも吉良邸内部のようすは、

（おいおい分かってくるだろう）

と、瞬時に考えたのだ。これからのことを思えば、余計なことを訊き加瀬充之介に〝こやつは？〟と、微塵《みじん》なりとも疑念を持たせてはならない。

結局、こたびも門番詰所だけで吉良邸をあとにした。

成果はあった。

（堀部家への報告は、きょう請けた仕事をかたづけてからにするか）

と、まっすぐ伝馬町の棲家に帰った。

――吉良邸では着々と浪人を集め、防御をととのえようとしている
これだけでも安兵衛ら固い存念を抱く元浅野家臣には、知っておくべき貴重な情報となるはずだ。

ふたたび両国広小路の雑踏を抜け、大伝馬町への往還に入った。

（さて、市どんの客人、現われているかな）

と、にわかに五十がらみの尾行者が気になりはじめた。

鬼助の足はまた速くなった。

太陽がかなり西の空に入った時分になっている。

四

棲家への枝道に入った。

「おっ」

瞬時、足をとめ、すぐ横の長屋の路地に身を引いた。曲がれば棲家という角から出て来た男……五十がらみの実直そうなお店者風……下を向いているので顔はよく見えなかったが、きのうの尾行者ではないか。ということは、いま棲家を訪ねて市左と会っていた？　あるいは、奥の長屋にまた聞き込みを入れていた？

路地に身を引いた鬼助の前を、その男は通り過ぎた。鬼助には気づかず、下向き加減でとぼとぼと、なにか考え事をしながら歩いているといった風情《ふぜい》だ。

鬼助は迷った。逆に尾けてやろうか……それとも、棲家を訪ねて来たのなら市左と話しているはずだから、このまま帰って……。

(市どんに訊いたほうが手っ取り早い)

そのほうにかたむき、路地を出ようとすると、

「あら、鬼助さんじゃないかね。そんなところでなにを」

背後から長屋のおかみさんが声をかけてきた。

「いや、なんでもねえ。ちょいと出かけていてな」

と、あいまいに返し、路地を出ようとすると、

「そうそう鬼助さん、あんたらが留守のとき、きょうの午前中さ。鬼助さんと市左さんのことを根掘り葉掘り訊きに来たお人がいたよ。実直そうな年経《としふ》った商家の旦那さんか番頭さんといった感じでさあ」

と、興味津々といった風情《ふぜい》で、下駄の音を立て駈け寄って来た。さっきその者がおもてを通ったのに気づかなかったようだ。

「えっ、根掘り葉掘り？」

「そうさ。ああいう身なりのととのったお人でも、見倒屋さんに頼ることがあるんだねえ。ああ、人は見かけによらない」

おかみさんはそう決めつけているようだ。鬼助は動かしかけた足をとめ、詳しく訊いた。

『――みょうな浪人者や、やくざ者などの出入りはないか』

　と、棲家の奥の長屋とおなじように、とくに市左の日常についてさきほどの男は訊いて行ったという。

「だからあたしゃ言ってやったよ。一人はホトケの市さんと呼ばれ、もう一人居そうろうしている人、あ、ご免なさいね、鬼助さんのことさ。その人も気さくないい人だって言っておいたよ」

「そうかい、それはありがてえ。また洗濯や布団の打ち直しがあったら頼まあ」

「ああ、待っているよ」

　鬼助はおかみさんの声を背に長屋の路地を出た。きょう午前中、男は近辺のかなり広範囲に聞き込みを入れたようだ。ますます早く市左に事情を質《ただ》したい気分になってくる。

　角を曲がった。

「おっ」

　また足をとめた。玄関口の腰高障子は閉まっているが、奥の長屋への路地に面した縁側のほうに人の影が……小柄な岡っ引の千太《せんた》だ。ということは、同心の小谷健一郎が来ている……。

小谷同心が来たときは、いつも玄関に入らず、

「――おう、鬼助、市左。いるか」

と、縁側から訪《おとな》いの声を入れる。そのときは鬼助も市左も縁側に出て胡坐《あぐら》を組み、
小谷同心はそこに腰を下ろし、気さくな縁側談義となる。そのあいだ、千太は縁側の前に立っている。その影が見えたのだ。

鬼助は縁側のほうへまわり、

「これは小谷の旦那、おいででござんしたかい」

言いながら踏み石に足をかけて草鞋を脱ぎ、その場から縁側に上がって胡坐を組んだ。

「おう、鬼助。仕事は取ってきたかい。市に訊くと、珍しくおめえ一人で仕事を找《さが》しに出たって言うからよ」

市左は小谷に、鬼助の行き先は話さなかったようだ。

鬼助はそれに合わせ、

「へへ。夜逃げや駆落ちなんざ、そういつもあるもんじゃござんせんや。で、旦那、きょうは何用で。いつも言っているとおり、お奉行所の用事でも、気の乗らねえ仕事はやりやせんぜ」

「分かってらあ。それにさっきも市左から聞いたが、ここんところ事件らしい事件もないようだなあ。ま、きょうはとくに用があって来たんじゃねえ。見まわりのついでに寄ってみただけだ。おめえらの商いはどうかと思うてな」

言いながら小谷同心は縁側から腰を上げた。

鬼助と市左は、小谷同心から岡っ引の手札をもらうとき、

「——指図は受けねえぜ。お上《かみ》に合力《ごうりき》するかどうかは、そのつど俺たちに決めさせてもらう」

と、言ったものだった。しかも二人が岡っ引になったことは周囲には伏せ、隠れ岡っ引になっている。八丁堀姿で小谷同心がときおり訪ねて来るのは、長屋の住人たちはそこが見倒屋だからだろうと思っている。

そうした隠れ岡っ引を小谷が承知し、鬼助と市左に手先の身分を証明する手札《てふだ》を認《したた》めたのは、見倒屋なら世の裏側を垣間見《かいまみ》る機会の多いこともさりながら、鬼助が元堀部家の中間だったからだ。小谷同心が鬼助を知ったのは、浅野家改易の混乱のなかにおいてであった。そのとき鬼助はまだ中間姿だった。その鬼助を身近に取り込んでおけば、赤穂浪人の動きを垣間見《かいまみ》ることができる。町奉行所が赤穂浪人の動きを知ってどうこうするといったものではないが、江戸の城下で騒ぎを起こすかもしれない一群

の動きは、やはり町奉行所の大きな関心事なのだ。ここでもし鬼助が、

『吉良邸に行っていた』

などと言おうものなら、小谷同心はそれこそ根掘り葉掘り訊くだろう。

「ま、おめえらの仕事で、手に負えない悪党に出くわしたなら俺に知らせろ。存分に掃除してやろうじゃねえか。さあ、千太、行くぞ」

「へい」

と、長身の小谷のうしろへ小柄な千太がつづいた。これまでも見倒屋稼業で焙《あぶ》り出した悪徳女衒《ぜげん》や強欲金貸しに質屋など、小谷同心が逆に鬼助や市左に合力するかたちで、裏で人を騙し暴利をむさぼっていた悪党どもを退治してきた。肩で風を切り空威張りしている岡っ引より、小谷同心には鬼助たち隠れ岡っ引のほうがはるかに有用な存在となっている。

その小谷同心と千太の背が角を曲がるのを待っていたかのように、

「で、……」

「来たろう」

鬼助と市左は縁側に座ったまま、同時に口を開いた。市左は吉良家の加瀬充之介の用件を知りたかったし、鬼助はさっきの男の正体を早く知りたがっている。

「あぁ、つまり加瀬の旦那の用件は……」

と、鬼助は吉良家で新たに雇い入れる浪人者の身辺調査を依頼され、名前は省略して、まず二人ほど請け負ったことを手短に話し、

「来たろう。きのうから俺たちのまわりをうろついている不審な野郎よ。さっきここからおもての通りへ出たのを見かけたぜ。誰なんでえ、あいつは」

「えっ、そんなの来なかったぜ。来たのはさっき帰った小谷の旦那と千太だけだ」

「ふむ」

互いにうなずき、二人は縁側に座ったまま、あらためて顔を見合わせた。

その者、来たことは来た。ところが来客があり、それが見るからに奉行所の同心だったもので、きびすを返した。

(ということは、ころあいをみてまた来る。それもすぐに)

二人の脳裡へ同時に走った。

縁側に胡坐を組んだまま、

「なあ、市どん。いってえ誰なんでえ。あのお店者風は」

「分からねえ」

「はずはねえ。きのうの尾行といい、きょうの探りといい、尋常じゃねえぜ。しかも

狙いはおめえに違《ちげ》えねえ。ほんとうに心当たりはねえのかい、五十がらみの実直そうなお店者風によう。いまにもここへ来るかもしれねえんだぜ」

「きのうやっこさんが尾けはじめたの、高輪の泉岳寺のあたりからって、兄イ言ってたなあ」

「ああ、言った。あのあたりから京橋の和泉屋まで、ずっと尾けていやがった。霰さえ落ちてこなきゃあ、きのうのうちにここまで来ていたかもしれねえ」

「…………」

市左は視線を空に泳がせた。

「じれってえぜ、おめえらしくもねえ。なにか事が起こってからじゃ遅《おせ》えや。事前に知っていりゃあ、俺も対処のしようがあるっていうもんじゃねえか」

「いや、遅えとか対処とか、そんな大げさなもんじゃねえんだ。泉岳寺の付近で俺をたまたま見かけただけの……」

「こととは言わさねえぜ。ただの知り人なら、声もかけずにあとを尾けたりはしねえはずだ。きょうはきょうで近辺に探りを入れてやがる。どういうことなんでえ」

「そこが、俺にも分からねえ」

話しながら、鬼助より市左のほうが首をかしげたときだった。玄関に入った訪《おとな》いの

声に、

「来た」

市左は反射的に立ち上がり、鬼助もつづいた。

玄関の土間に、五十がらみの男が立っている。実直なお店者風である。板敷きに出た市左と、しばし顔を見つめ合っている。鬼助はかたわらで、わけの分からないまま事態の推移を見守った。

土間と板敷きに立ったまま、五十がらみの口が動いた。

「若旦那……やはり、市之助《いちのすけ》坊ちゃん」

「義兵衛《ぎへえ》、手代の義兵衛。やはりおまえだったか」

「はい。おかげさまで、いまは番頭になっております」

はたしてその者は、市左の関わりだった。義兵衛という名のようだ。

それにしても、

（若旦那？　市之助坊ちゃん？）

鬼助には初めて聞く市左の呼び名だ。

義兵衛は市左をつけ狙っていたのではなく、懐かしがっている。しかも、決して胡散臭《うさんくさ》い人物でないことは、ひと目で看《み》て取れる。

「市どん。なにやらわけありの懐かしいお人のようだが、ともかく居間のほうへ上がってもらったら」

鬼助が言ったのへ市左は土間の義兵衛に向かい、

「こちらは元武家奉公のお人で、鬼助の兄イといって私がなにかと頼りにしている人でなあ」

と、鬼助を義兵衛に引き合わせ、板敷きへ上がるよう手で示した。義兵衛はやはり実直なお店者か、市左の言った〝兄イ〟という言葉に一瞬ひるんだようすになり、市左は自分を〝あっし〟でも〝俺〟でもなく、〝私〟などと言っている。

（いったい、市左は……？）

板敷きに立ったまま、鬼助は市左の横顔を見た。

五

奥の居間で三人は鼎座《ていざ》になっている。

「義兵衛にここを嗅ぎつけられたんじゃ、もう兄イに黙っていることはできねえ」

市左は真顔で言った。

奥といってもこの棲家はふた部屋しかなく、玄関側の部屋は見倒した品の物置に使っており、あとひと部屋を寝食の居間として、その奥はもう台所である。玄関の板敷きからつながる廊下がこのふた部屋の縁側になって奥の長屋への路地に面しており、ふた間しかない家作にしてはゆったりとしている。

職人姿の鬼助と市左は胡坐《あぐら》を組んでいるが、義兵衛は姿勢よく端座《たんざ》している。見かけだけではなく、実際に実直なお店者のようだ。

鬼助は市左がなにを話しだすか、固唾《かたず》を呑んで視線をその顔に据えた。

市左は話した。

「兄イ、俺の実家は、泉岳寺の手前の伊皿子坂《いさらござか》を上りきった伊皿子台町《だいまち》で、坂上屋《さかがみや》という太物店《ふとものだな》の暖簾を出しているお店《たな》でして」

「はい。木綿《もめん》の着物に麻織物が中心でして、場所柄、新品のほかに古着も手広く扱っておりまして、伊皿子界隈ではどなたもご存じの大店《おおだな》となっております」

番頭の義兵衛が、市左を補佐するようにつけ加えた。

片側に江戸湾の袖ケ浦の海浜がつづく東海道で、泉岳寺の前面から江戸市中に向けて進み、海浜が途切れ両脇に茶店などが建ちならびはじめたあたりが田町九丁目となるが、その泉岳寺門前と田町九丁目のあいだで、まだ袖ケ浦の海浜がつづく一帯を車《くるま》町《まち》といった。沖合に停泊した千石船や五百石船が、端舟《はしけ》で陸揚げした荷を運ぶ荷運び業者がこのあたりに密集し、街道には常に大八車が行き交っているところからついた名である。

その車町と田町を分ける往還が海浜に向かって下りてきて、泉岳寺の門前町と同様街道に対し丁字路をつくっている坂道が伊皿子坂で、それを上りきったあたりに広がる町場を伊皿子台町といった。

坂の途中には泉岳寺の門前に出る枝道もある。坂のどこからでも江戸湾が一望でき、別名を汐見坂《しおみざか》ともいったが、当然伊皿子台町からは江戸湾に浮かぶ無数の大小の白帆に沿岸の町々が展望でき、景色はきわめて雄大である。

「えっ。市どん、どおりで日々が几帳面で、物を見倒すのも的確で、柳原土手《やなぎわらどて》の古着屋に卸すのも交渉がうまかったはずだ。柳原で売《ばい》をやってもうまいもんだった。本名は市之助というのか。ほう、ほうほう」

これまでの疑問をすべて解消したかのように鬼助はうなずき、

「で、そんなお店《たな》の若旦那が、なんで見倒屋などというきわどい商いを？　もっとも俺にとっちゃ、そのおかげで飽きない日々を過ごさせてもらっているがな」

「それは私から話しましょう。そのころ、私はまだ手代でしたが」

義兵衛が口を入れたのへ、市左は無言でうなずいた。

義兵衛は話した。

「もう十五年も前になりましょうか。市之助坊ちゃん、いえ、若旦那は急に家を出られたのです」

「そうだなあ、私が十五のときだったから、もう十五年になるなあ」

義兵衛の言葉へ、市左が思い出したようにつけ加えた。

「どうして家を出た？　市どんのことだ、相応の理由《わけ》があると思うが」

「はい。そのことでございます」

鬼助の問いに、ふたたび義兵衛は話しはじめた。

市左こと市之助は、確かに伊皿子台町の太物店《ふとものだな》・坂上屋の一人息子だった。ところが幼いころに母親と死に別れ、数年後、あるじの市右衛門《いちえもん》は後妻を入れた。やがて後妻に男の子が生まれた。市之助の腹違いの弟である。後妻はこともあろうに、その子に〝市太郎〟と名付けた。後妻の思惑は明らかである。

「わたくしども店の者は、市之助坊ちゃんがありながら、次男に〝太郎〟の名をつけるとは、とこぞって反対しました。ところが旦那さまはご新造さまの言いなりで、それをお認めになりました。わたくしどもは将来に不吉なものを感じました。案の定、さっそく始まったのでございます」

継子《ままこ》いじめである。

「そばから見ていても、それは非道《ひど》うございました。継子扱いというようなものじゃありません。食事も日常の手伝いも、店の小僧以下の扱いでございました。そこを市之助坊ちゃんは、よく耐えられました」

「あははは、耐えたのではない。逃げ出したのさ」

「いいえ、違います」

市左の言葉を、番頭の義兵衛は明確に否定した。

当時手代だった義兵衛に、市左こと市之助は言ったという。

「――私が家にいたのでは、さきざき、きっとお家騒動が起こり、坂上屋は屋台がかたむくかもしれない。さいわい市太郎は五歳年下で、私によくなついてくれている。店と市太郎のことを思い、お父つぁんには悪いが、私はこの家を出ることにするよ」

市左こと市之助の姿が坂上屋から消えたのは、そのころだった。それがいまから十五年ほど前のことである。

「旦那さまもわたくしも、八方手を尽くして找《さが》しました。しかし、見つかりませんでした。あれから若旦那、いったいどこへ」

「あはは、言わざなるめえなあ」

と、それまで商人言葉になっていた市左は、不意に伝法《でんぽう》な言葉に戻り、

「家を飛び出したものの、行くあてなんざありゃしねえ。かといって、道端で鉢開《はちひら》きなどできねえ。結局は無頼の仲間入りさ。つまり、やくざ渡世ってやつさ」

「やはり、さようでございましたか。おいたわしや。深川《ふかがわ》方面で悪いお仲間とつるんでいなさるのを見かけたという者がおりまして、探しに行きました。しかし、それがばれて、ご新造さまからすごく叱られまして……。そのあと、若旦那はどうなさっているか、ずっと気になっておりました」

「そうそう、あのころは深川八幡の門前が塒《ねぐら》になっていた。もっともやくざ稼業ってのは、動き出すのは日が落ちてからだから、昼間探したって見つかりっこねえさ。しかしなあ、いつまでも強請《ゆすり》たかりの裏稼業などやっちゃおれねえ。そこで覚えたのが見倒屋の仕事さ。やってみたら古着の扱いが多く、けっこうおもしろい。それに、やりようによっちゃ他人《ひと》さまのお役に立ててることもある。ますますその稼業にのめり込み、八年前《めえ》に深川の悪の仲間から離れ、この伝馬町に貸家を見つけてもぐり込み、本格的に見倒屋になったって寸法さ。そこへ鬼助の兄イが助っ人に来てくれて、この稼業もますます充実してきたってわけさ。それに兄イは……」

「うおっほん」

市左の口から浅野家の名が出そうになり、鬼助は咳払いをした。

「おっとすまねえ、兄イ」

市左は鬼助に向かってぴょこりと頭を下げ、

「それでまあ、近ごろじゃ日々に生きがいまで感じているってわけさ」

「ま、生きがいと言っちゃ生きがいだが。それはさておき、俺も初めて知ったぜ、市どんの来《こ》し方《かた》をよう」

鬼助は得心したように言い、

「それにしても、番頭の義兵衛さんといいなすったねえ」

「へえ」

「納得が行かねえぜ」

と、義兵衛に視線を据えた。

鬼助に睨まれるかたちになった義兵衛は、いくらか緊張気味になり、

「な、なにがでございます」

「なにがじゃねえぜ。おめえさん、市どんを泉岳寺のあたりで偶然見かけたのでござんしょう。伊皿子台町といやあ泉岳寺からちょいと坂を上がったところですぐ近くだ

から、それは分からあ。だがよ、市どんがそんなに懐かしい人なら、見かけたときになぜその場で声をかけなかったのでござんすえ。あんたがきのう、京橋のあたりまで俺たちのあとを尾け、それにきょうはきょうでこの近辺で俺たちのことを嗅ぎまわっていたこと、全部お見通しなんですぜ」

「え、ご存じだったので！　実は、そのことでございます」

義兵衛はひと膝うしろへ飛び下がり、両手を畳につけた。

「ん？　どうしたい、義兵衛さん」

と、詫びるように深く頭を下げる義兵衛に、市左は尋常ならざるものを感じ、怪訝《けげん》な表情になった。

「こんどは、わたくしが話す番でございます」

顔を上げた義兵衛に、

「おお、聞きてえ。お父つぁんは元気かい。あれから十五年、市太郎はもう二十五歳だ。立派な跡取りに育っているんだろうなあ」

「そのことでございます。実は……」

義兵衛は語った。

「大旦那さまは三年前、卒中《そっちゅう》でお倒れになり、そのまま回復することなく身罷《みまか》られましたでございます」

「なんだって！」

市左はひと膝まえにすり出た。

義兵衛はさらに言う。

「せめて葬式には、とふたたび深川八幡のあたりに若旦那を找しに参りました」

「ふむ。そのころはもう此処《ここ》に移っていた。で、墓はどこの……いや、それはあとでゆっくり聞こう。それよりも店のほうは？　市太郎が継いで、ちゃんとやっているのだろうなあ」

「はい。わたくしどもも奉公人が市太郎さまを支えながら、なんとか……」

義兵衛の歯切れが悪くなった。

「どうした。なにかあったのか」

「はい。実は一月《ひとつき》ほどまえから、性質《たち》の悪い浪人者に強請《ゆす》られておりまして、お客さまも怖がり、まともに商いができない状態になっているのです」

「えっ、どういうことだ」

市左はさらにひと膝すり出て、鬼助も義兵衛を凝視した。

二人の視線に義兵衛は応えた。

「一月《ひとつき》ほどまえ、ご浪人さんが店にお越しになり、はい、百日髷《ひゃくにちまげ》で身なりもいかにも浪人といった風体《ふうてい》でしたが、そう乱暴者には見えず、古着の腰切襦袢《じゅばん》を一着お買い上げになりまして……」

その浪人者が翌日また来て、

「――おい。この襦袢に縫い針が刺さっておったぞ。これだ」

と縫い針を見せ、心ノ臓にあたる箇所を示し、

「――着たとき肌に刺さり気がついたからよかったが、知らずに着ていて深く刺さったりすれば、場所が場所だけに命に関わったかもしれんのだぞ」

と、凄《すご》んだという。

「はい、いちゃもんをつけに来たことは分かっています。若旦那もご存じのように、古着を仕入れればまず洗濯をし、ほころびや破れ目があれば繕《つくろ》い、それから店に出します」

「ふむ。なるほど」

と、鬼助が相槌《あいづち》を入れた。

見倒屋もそうしているのだ。長屋のおかみさんに出しても、縫い針を忘れるようなへまをする者はいない。常店《じょうみせ》の古着屋ならなおさらだろう。だが、万が一というこ

ともある。

浪人は、治療代と口止め料にと十両を要求したという。十両といえば腕のいい大工職人の四、五カ月分の稼ぎになる。縫い針一本に法外な強請《ゆすり》というほかない。

浪人者は店先で大声を出してわめき、小僧や手代では応対しきれず、義兵衛が直接出て長い押し問答のすえ、一分金を一枚、紙に包んで渡すと、浪人はそれを店の板の間に投げつけ、

「――馬鹿にするな。また来る」

と、捨てぜりふ残して帰った。一分といえば千文で、行商の八百屋や魚屋が一日汗水ながして働き、その一日分の総売上げに相当し、庶民にはこれもまた大金である。義兵衛が包んだ金子《きんす》は、強請相手に決して少ない額とは言えない。

「あの浪人者、また来るのではと、店の者一同、戦々恐々としておりました。ところが二日間ほど音沙汰なしでした。しかし、三日目でした。伊皿子台町にみょうなうわさがながれているのが、わたくしどもの耳にも入ったのでございます」

義兵衛は顔をしかめた。坂上屋のとなりが汐見亭《しおみてい》という、部屋からの見晴らしが自慢の料理屋で、そこの番頭が義兵衛に知らせた。

「――ある浪人がなけなしの金をはたいて古着を買ったところ、それに縫い針がつい

たままになっていて大ケガをして医者に診せると、刺さったのが心ノ臓の近くで命に関わるところだったらしい」

それだけではない。

「——浪人が坂上屋へ抗議に行くと、治療代も出さずけんもほろろに追い返された」

というのである。

「もう驚きましたよ。得体の知れない年増の女が、伊皿子台町に来て言いふらしているらしいのです。計画的というしかありませぬ。それでつぎのつなぎを待っていると、四日目でした。またその浪人者が来たのです。しかもお仲間を一人連れて。幾人で来ようが、そんな不当なお金など、商人の面子《メンツ》にかけても出すことはできません」

「もちろんだ」

市左は言った。

義兵衛はさらに話をつづけた。

「押し問答は長引き、浪人さんの声はしだいに大きくなり、店の前には人だかりができ、もう一人の浪人はその人たちに見世物じゃねえんだと威嚇するありさまで、まったく商売になりません。ちょうど昼時分だったものですから、となりの汐見亭さんに無理をいって見晴らしのいい部屋を取ってもらいました。景色のいい部屋で穏《おだ》やかに話し合おうとしたのです。しかし、店の前は静まったのですが、無頼の浪人二人を相手に、考えが甘《あも》うございました」

江戸湾を展望する場所柄、料理は海鮮だった。

「――さあ、お上がりください。ここでゆっくり話し合いましょう」

と、箸をつけている最中だった。

「――痛《いて》ててて」

新たについて来た浪人が声を上げ、口の中に指を入れ、血にまみれた釣り針を出してきた。

「わたくしは瞬時、しまったと思いました。もうお分かりのことと思います」

「ふむ、新たな因縁だな。昼どきを狙い、釣り針をまえもって用意していた」

と、鬼助。

「さようでございます。膳に盛られた魚に釣り針などあろうはずございませんが、万が一ということもございます。汐見亭さんには、まったく悪いことをしてしまいました」

義兵衛は浪人二人を汐見亭に上げたことを悔いるように言った。部屋には汐見亭の番頭が呼ばれ、さらに女将《おかみ》も出てきて平身低頭したという。ここでも番頭が一分金を包んだが浪人はたたき返し、治療代に十両出せと凄み、汐見亭も屈しなかった。

それから三日とあけず浪人二人は、伊皿子台町に来ては坂上屋と汐見亭で大声を上げ、汐見亭の悪いうわさも一帯にながれ、坂上屋は大変な客を押しつけたと汐見亭から文句を言われ、

「商いに支障を来たしているばかりか、おとなりさんとも気まずくなってしまい、ほとほと困り果てております」

「市太郎とおふくろはどうしている」

「市太郎旦那はただおろおろするばかりで、ご新造さまは普段はよく店場に出てきてわたくしども奉公人にあれやこれやと指図をなさるのですが、浪人の一件以来、奥に引き込んでしまわれ、奉公人一同、難渋《なんじゅう》いたしております」

「兄イ」

市左が求めるように、また促すように鬼助に視線を向けた。

鬼助はその意を解したようにうなずき、

「ふむ」

「事情は分かりましたぜ。したが番頭さん」

と、あらためて義兵衛に視線を据え、糺《ただ》すような口調で言った。

「それだけじゃ、あんたが泉岳寺から俺たちを尾け、きょうまた近辺で俺たちに探りを入れるようなまねをしていた説明にはなりやせんぜ」

「は、はい」

　義兵衛は恐縮したような返答をし、

「実は近所で、こたびの災難は、十五年前に継子《まま こ》いじめで家を飛び出した市之助坊ちゃんの仕返しで、あの浪人者二人を陰でけしかけているのでは、と言うお人がおりまして、ご新造さまも市太郎坊ちゃん、いえ、市太郎旦那も、そうに違いない、などと。わたくしも、あるいは、と思ったのでございます」

　と、両手をふたたび畳につき、すぐ顔を上げ、

「そのようなときに、泉岳寺の近くで若旦那を見かけたものでございますから、すぐに声をかけられず、不遜にもあとを尾けさせていただいたのでございます。職人姿で大八車を牽いておいでのお姿も、こちらの鬼助さんですか、相方のお人も無頼には見えず、首をかしげながら尾けているうちに、きのうのあの霞でございます。京橋の近くで笠をお借りになったものですから、そこでここの所在を聞き出し、きょうまた探りを入れさせてもらったしだいなのでございます」

「ほう。それでどうだったたい」

「はい、はい。見倒屋というのがいささか気になりましたが、無頼稼業などでは決してなく、他人《ひと》さまのお役に立つようなお仕事をなさっている。あの不逞《ふてい》浪人の仲間なんかじゃないと確信いたしました。それで思い切って訪ねようとしたところ、お奉行所のお役人がおいでで、驚きましたが和気あいあいとした雰囲気だったもので安心し、ころあいをみてふたたび訪れたしだいでございます」

「あははは、そういうことかい。ま、義兵衛の苦労は分かったぜ」

と、市左は伝法な言葉で返し、

「強請《ゆすり》のこと、聞いた以上は捨て置けねえ。さいわい、俺たちゃ奉行所の役人も知っている。なあ、兄イ」

「そういうことだ。ちょいと口出しをさせてもろおうじゃねえか」

「えっ、なにか、手を貸してくださるので？」

義兵衛は鬼助に視線を向け、鬼助はそれに応えた。

「その浪人者、なんという名で、どこに住んでいやがる」

「はい。さきに来た縫い針のほうは松沢伝兵衛といい、あとから来た釣り針は村山次三郎と名乗っておりました。住まいまでは」

鬼助は内心、

（えっ）

声を上げた。吉良邸の門番詰所で加瀬充之介から身辺調べを依頼された浪人ではないか。驚きをおもてに出さず。

「さあ、番頭さん。いまこうしているときにも、その浪人者が伊皿子台町に来ているかもしれねえ。きょうはもう帰りなせえ」

「はい。さっきからそれが気になり、気が気でなかったのでございます」

義兵衛は落ち着かないようすで腰を上げ、玄関口で、

「ほんとうにきょうは、若旦那に会えて嬉しゅうございました」

あらためて詫びるように頭を下げた。


市左は、義兵衛が浪人二人の名を舌頭《ぜっとう》に乗せたときの鬼助の驚きに気づいていた。

義兵衛の背が見えなくなるなり、

「兄イ。なにか心当たりでもあるのかい」

玄関の板敷きに立ったまま言ったのへ鬼助は、

「大ありよ。ともかく居間へ戻ろう」

「へえ」

と、居間に戻り、

「さっき義兵衛さんの口から出た浪人なあ……」

鬼助は話した。

「えぇえ！　それじゃあ、吉良さまから聞き込みを依頼された二人がそやつらで」

「そういうことよ。きょうは浪人に縁のある日だぜ。住まいは田町六丁目だ」

「ならばさっそく」

「おう。それよりもなあ」

と、鬼助はあらためて市左に視線を据え、言った。

「おめえ、なんでその太物店のことを黙っていたよ。きょう初めて聞いたが、いい話じゃねえか。腹違いの弟のためによう」

「ああ、話したかったさ。幾度ものどまで出てなあ。しかしなあ、兄イ。おりゃあ家を飛び出したんだぜ、もう戻るまいと決心してなあ。だからよう、話せば……その、なんだ、里心がつくと思うてな」

「うっ、そうかい……。なるほど、おめえってやつは」

鬼助は市左の硬い心境を解した気分になった。

太陽が西の空に大きくかたむいた時分になっていた。

六

翌日、まだ朝のうちである。

腰切半纏を三尺帯で決めた鬼助と市左の姿は、京橋の茶店・和泉屋にあった。二人が和泉屋に顔を出すのは、

「あらあ、きょうも」

と、茶汲み女が目を丸くしたように、霰の日以来、三日つづけてである。

きょうは南町奉行所の小谷同心と、岡っ引の千太の姿もそこにあった。例によって小谷が来たときには、茶店のおやじが言われなくても一番奥の部屋を用意し、手前の部屋を空き部屋にしている。盗聴を防ぐためだ。

お座敷というには質素で、板敷きの部屋で、廊下に面して板戸があり、となりの部屋との間仕切りも板戸で、壁の櫺子窓《れんじまど》が各部屋の明かり取りになっている。

部屋に入るなり小谷同心は、

「おめえらから俺に呼び出しをかけるたあ珍しいじゃねえか。それも、こんな朝っぱらからとはなあ」

部屋の隅に重ねてある薄べりを自分で取り、鬼助と市左へ対座するかたちに胡坐《あぐら》を組んだ。ふところから十手の朱房がのぞいている。千太はいつものように、小谷の斜めうしろに腰を据えた。

「ちょいと世の中の掃除をしなきゃならねえことがありやしてね」

小谷が大小をはずした腰を薄べりに据えるのを待って、鬼助は言った。

「ほう。俺が隠れ岡っ引のおめえらに望むのは、事件が起こってからの探索よりも、世の理不尽を見つけ出して俺に報告することだ。で、おもてには見えねえどんな理不尽を見つけ出した」

「もう、目に見えている悪事なんで」

と、鬼助が伊皿子台町の坂上屋と汐見亭が、不逞浪人に強請られていることを話しはじめた。

ならば、なぜ鬼助と市左は即刻伊皿子台町に乗り込み、不逞浪人をその場で叩き出すことを考えなかったのか。鬼助の木刀があれば、できないことではない。しかも、最も手っ取り早い方法である。

だが、きのう、義兵衛の帰ったあと市左は言った。

「――兄イ、すまねえ。捨てた家だが、手を貸してくれ。義兵衛の話じゃ、弟の市太郎は母親に甘やかされたせいか、ひ弱に育っているようだ。これを機に、やつを男にしてやりてえ」

「――なんだと。俺はおめえを浪人退治で、晴れて実家で花を持たせてやろうと算段していたんだぜ。いかに家を飛び出した身とはいえ、悪い話ではなかろうが。おめえの顔も立つしよう」

鬼助はなかばあきれたように返したが、市左の信念は変わらず、そこでひ弱な市太郎を、

「――安心させるため」

八丁堀に話をとおしておこうということになり、南町奉行所に出仕したばかりの小谷同心につなぎを取り、和泉屋で待っていたのである。

武家屋敷や武士は江戸城内の目付や大目付の管掌《かんしょう》だが、浪人は町奉行所の取締りとなっているのだ。

鬼助から話を聞いた小谷同心は、

「なんでえ、どこにでも転がっている強請たかりの類《たぐい》じゃねえか。そんなことで俺を呼び出したのかい。その浪人どもが刀を抜いて店の者に斬りつけたっていうのなら話は別だが、単に治療代を出せじゃ、十両でも二十両でも奉行所は鼻にも引っかけねえ

ぜ」

　吐き捨てるように言い、千太もうしろでうなずいている。

「旦那、話は最後まで聞きなせえ。さあ、市どん。小谷の旦那に、これはわけありだってことを話してやれ」

「そうなんで。実は旦那……」

　鬼助にうながされ、市左は強請られている坂上屋が実家であり、そこを飛び出して十五年になることを話した。いったん口に出した以上、もう秘めておく必要はなくなっている。

「えぇぇえ！」

　と、声を上げたのは千太で、小谷も、

「ほお、おめえの出自はやはり商家だったのかい。どおりで見倒屋などとやくざな稼業をやっていても、無頼のにおいがしねえやつだと思っていたぜ。なるほど柳原土手での商いも、けっこう板についているしなあ。ほう、ふむふむ」

　と、得心したようにうなずき、

「それで、なにかい。市左の実家を鬼助も一緒になって助けてえ、と。分かった。おめえらのことだ。その浪人どもに暴れさせ、町方が出張《でば》りやすい舞台をつくるから、あとはよろしゅうということかい」

「おっ、旦那。さすがだ。頭いいぜ」

鬼助は膝を打った。

小谷はさらに言った。

「だがよ、相手は長い刃物を持っている。まあ、鬼助の安兵衛どの仕込みの木刀がありゃあ、なんとか斬り抜けられるだろうが、ケガしねえように気をつけてやりねえ。おめえらが舞台さえ用意すれば、いつでも出張れる算段はしておかあ。なあに、強請たかりの浪人なんざ、叩きゃあ余罪がぞろぞろ出てくるもんだ。あとは心配するなと坂上屋と汐見亭に言っておきねえ。そやつらに、お礼参りなどできねえように処理してやらあ。その義兵衛とかいう坂上屋の番頭よ、強請に屈しないのはなかなかのものだ。褒《ほ》めてやりたいぜ」

「ありがてえ。さすがは小谷の旦那だ。物分かりがいいや」

「そうと決まりゃ兄イ、さっそく田町へ」

「おう」

と、二人は腰を上げた。

それを見送るかたちになった小谷に、

「その浪人どもがこんど伊皿子台町に現われたときが、捕物の舞台となりますぁ。やつら三日とあけずに来るってえから、ま、きょうあすってとこかな。心しておいてくだせえ」

鬼助が言ったのへ小谷は、

「相棒のために体を張ろうって心意気、無駄にはさせねえぜ。したが、くれぐれもおめえが斬り殺されねえように気をつけるんだぜ」

まさに鬼助は体を張ろうとしているのだ。

そのながれのなかで鬼助は、浪人二人の日常調べを、加瀬充之介なる吉良邸の用人から依頼されていることは語らなかった。秘すべきは秘しているのだ。

二人の足は東海道を南に向かっている。おととい、カラの大八車を牽いて帰った道を返している。

日本橋から京橋あたりまでは、往還の両脇に家々が緻密にならび、街道に面した茶店も外に出している縁台には赤い毛氈《もうせん》をかけ、よそ行きの表情をこしらえており、大八車や荷馬に混じって歩いている男や女もよそ行きに着飾った姿が目立つ。

それが増上寺《ぞうじょうじ》のある芝を過ぎ、田町に入ったあたりからは、街道に面していても、物置小屋か人の住まいか分からないほど粗《あら》づくりの家がならびはじめ、往来人の姿も着飾った者など少なく、町場の風景にふさわしくなる。

さらに田町に入ると、常店のあいだに葦簀《よしずば》張りの商舗がならびはじめる。その田町は北から南へ一丁目から九丁目とながれるが、吉良邸の加瀬充之介から聞いた松沢伝兵衛と村山次三郎の塒《ねぐら》は六丁目である。

そのあたりまで出張ると、海側のならびは葦簀張りが多くなり、八丁目、九丁目あたりの海側は、ほとんどが簡素な葦簀張りの茶店で、裏手がすぐ草がまばらに生えた砂地でそのすこし先に江戸湾の波が打ち寄せている。

それでも東海道を西から品川宿を抜け、片側が海浜の街道を経て両脇に民家のならぶ田町の町場に入ったとき、旅人は若い茶汲み女から呼び込みの声をかけられ、ようやく江戸に着いたとの思いが胸にこみ上げる。

その逆もまたしかりで、江戸を出る者が田町八、九丁目を過ぎ、街道の片側が海になり潮風を受けながら潮騒を聞くと、これで江戸を出たとの思いになる。江戸市中からついて来た見送り人も、このあたりまでというのが相場になっている。

そうした町場であるから、葦簀張りの商舗はほとんどが茶店で、客筋は江戸に入った旅人か、江戸府内から来た見送り人たち、それに荷馬や大八車の荷運び人足たちである。

人足にはけっこう気の荒い者もおり、そこで町の用心棒も必要となってくるのだ。

鬼助と市左の足は荷馬の列を追い越し、

「おっと」

前から来た大八車をかわし、田町四丁目に歩を踏んだ。

「さて」

と、葦簀張りの茶店の縁台に腰かけた。往還に出している粗末な縁台なら、通りすがりの職人がちょいと座って喉を湿らせる姿は、この界隈には似合った光景となる。

そうした数軒の縁台に二人はつぎつぎと腰を下ろし、

「姐《ねえ》ちゃん。この町にゃ頼もしい用心棒がいて、乱暴な客などいたら叩きのめしてくれるんだってなあ」

盆を持って出て来た茶汲み女に問いかける。

吉良邸の加瀬充之介に頼まれた仕事を兼ねている。

案の定だった。

「そりゃ、まあ、いますけど……」

と、いずれの店の茶汲み女も、あいまいな返答だった。

なかにはおやじが出て来て、

「ああ、いますよ。半年もめえから、この六丁目に住みついて、こちらから頼んだわけでもねえのに」

吐き捨てるように言った茶店もあった。

どうやら松沢伝兵衛と村山次三郎なる浪人は、町の衆から頼まれたのではなく、半年前から勝手に田町六丁目に住みつき、みずから町の用心棒を任じ、土地《ところ》のやくざよろしく界隈の茶店から見ケ〆料《みかじめりょう》を取り、かえって迷惑な存在になっているようだ。

二人の浪人はそれではあきたらず、他所《よそ》の町まで出稼ぎに行き、その一つが伊皿子台町での強請であろう。

加瀬充之介から受けた仕事はもう終えている。これを報告すれば、松沢伝兵衛と村山次三郎が防御方として吉良邸のお長屋に入る芽はなくなるだろう。

これからの策は、いかに後難なく二人の不逞浪人を排除するかである。

叩きのめすだけの一時しのぎでは、解決にならない。不逞浪人はさらに高額の要求をつきつけ、騒ぎは長引き坂上屋と汐見亭は町内から迷惑がられ、それこそ見倒屋の世話になっていずれかへ引っ越さざるを得なくなるだろう。

そのために、田町六丁目へ出張るまえに、京橋の和泉屋で小谷同心と膝詰めで話しあったのだ。

七

「さようでございますか。お奉行所が出て来てくださるので」

番頭の義兵衛は表情に光明を見せた。

泉岳寺門前の茶店の一室である。

義兵衛が鬼助と市左の二人と対座している。京橋の和泉屋と似たつくりで、おもては縁台で奥に板敷きの部屋がならんでいる。そのひと部屋を借り、茶店から人をやって義兵衛を呼び出したのだ。

「――さっそくきのうのきょうとは、恐れ入りまする」

と、義兵衛は部屋に入るなり恐縮した態《てい》で言っていた。

太陽が中天を過ぎた時分だった。

「なあに、俺たちゃ商売柄、昵懇《じっこん》にしているお役人もいて、持ちつ持たれつのあいだがらさ」

と、鬼助は義兵衛に自分たちが隠れ岡っ引であることは秘し、浪人がまた強請に来たときはすぐさま奉行所から同心が出張って来てくれる手筈になっていることを話した。さらに鬼助は言った。

「奉行所の旦那に、いつ来るかしれねえ不逞浪人のため、ここに待機していてもらうわけにはいかねえ。代わりに俺と市どんが詰めていようじゃねえか。三日とあけずに来るんならかえって好都合だ」

「だからだ」

鬼助の言葉を市左がつないだ。

「浪人が来たとき、市太郎におどおどしたり奥に逃げ込んだりしねえで、空威張りでもいい。店のあるじらしく啖呵《たんか》のひとつも切って強請野郎たちに対応するように言っておいてくれ。鬼助の兄イがすぐ駈けつけるから心配いらねえ、と。俺はすぐさま奉行所に走り、同心の旦那と駈けつけらあ。ともかく市太郎に見せ場をつくらせてやってくれ」

「若旦那……」

思わず義兵衛は市左こと市之助の顔を見つめた。〝ともかく市太郎に見せ場を〟の言葉に、市之助の市太郎に対する思いを感じ取ったのだ。

だがすぐさま視線を鬼助に向けた。

（……大丈夫ですか）

その表情が問いかけている。

伊皿子台町から江戸城外濠《そとぼり》城内の南町奉行所まで市左が走り、同心を連れて駈け戻ってくるまで、どんなに急いでも一刻（およそ二時間）はかかる。そのあいだ、鬼助が一人で浪人二人を相手にすることになる。押し問答だけならまだしも、相手は大刀を帯びた浪人である。

（危ない）

当然の懸念だ。

だが、鬼助はそれを前提としてこの策を進めている。

「ま、これで」

と、鬼助は腰の背から抜いてわきに置いていた木刀を手に取り、義兵衛に示した。

義兵衛は、

（武士の大刀に脇差寸法の木刀で？）

怪訝な表情になった。無理もない。その木刀が堀部安兵衛から餞別《せんべつ》に贈られたものであり、鬼助が安兵衛から薫陶《くんとう》を受けた手練《てだれ》であることも、義兵衛は知らないのだ。

それにしても、危険である。

これには小谷同心も、

「――くれぐれもおめえが斬り殺されねえように」

と、懸念を示しているのだ。

鬼助は言ったものである。

「――なあに。市どんのためだけじゃござんせん。世の中の掃除のためでさあ」

実際にそう思っている。

しかし、松沢伝兵衛と村山次三郎なる浪人二人が、どれほどの腕かまだ知らない。田町六丁目に探りを入れたとき、せめて姿だけでもと思ったが、短い時間にそれは果たせなかった。すなわち松沢伝兵衛と村山次三郎が伊皿子台町の坂上屋に来たとき、それがぶっつけ本番の舞台となる。二人は〝三日とあけず〟来るそうだから、きょう来なければあしたか……。

この日、やつら二人は来なかった。

ならば、あした……。

二　不逞《ふてい》浪人

一

「おめえ、ほんとうにこれでいいのかい。十五年ぶりだろが」

「ああ、いいんだ。十五年もたって、未練があるように思われちゃ、あっしの沽券《こけん》に関わりまさあ」

泉岳寺門前の茶店の部屋である。朝から鬼助と市左が詰めている。さっき番頭の義兵衛がそれの確認に来て、

「――ほんとうにお手数をおかけし、申しわけもありませぬ」

ふかぶかと頭を下げて帰ったばかりだ。

職人風が二人、朝からきょう一日の日切りで奥のひと部屋を借り切り、中でごろご

ろしていることに、茶店のおやじも茶汲み女たちも、

「あの職人さんたち、いったい？」

と、怪訝な顔になっている。だが、さきほど来た坂上屋の番頭が前金を置いていったものだから安心し、

「――なにか用事があれば、いつでもご用命くださいまし」

と、鄭重な扱いになっている。

板敷きの部屋で板壁にもたれ、鬼助はまた言った。

「ほんとうに、いいんだな」

「兄イ、しつこいぜ。一度出た家に未練など、あっしゃ負け犬じゃありやせん。いまの生活《たつき》が、楽しくてしょうがねえんで」

市左は返した。

鬼助が念を押したのは、市左の心境をおもんぱかったからである。茶店を出て一本筋違いの坂道をちょいと上れば、市左があるじになっていてもおかしくない坂上屋が、暖簾《のれん》をはためかせているのだ。

その市之助がすぐそこまで戻って来ていることを知っているのは、番頭の義兵衛だけである。

「――誰にも言うな」

と、市左が口止めしているのだ。鬼助が〝それで、いいんだな〟と、念を押したのは、そのように市左が義兵衛に口止めしたことに対してであった。

「なあに。当の俺がうしろに引っ込んでいて、兄イを段平《だんびら》の前《めえ》に立たせるなんざ、申しわけなくって。もし兄イになにかありゃあ、俺はその浪人と刺し違えるぜ」

「おめえがそうしてくれると信じるぜ。だから俺も、心置きなく体を張れるのよ」

言った市左も返した鬼助も、真剣な表情だった。

二人とも、決して茶店の部屋でごろごろしているわけではない。そこには緊張の糸が張られている。不逞浪人に刀を抜かせ、それを木刀でしのげるだけしのごうというのである。そこへ小谷同心は間に合うか。まかり間違えば、それこそあとで市左が浪人と刺し違えることになるかもしれないのだ。

おなじころ、坂の上の太物店《ふとものだな》では、

「よろしゅうございますか。お若いといえど、市太郎さまがこのお店《たな》のあるじなのです。おもてに立ち啖呵《たんか》の一つも切って、理不尽には立ち向かう姿勢を見せてくださいまし。これを市太郎さまがこの坂上屋の、押しも押されもせぬあるじであることを、店の者にも町内のお人らにもきっぱり示す、絶好の機会と思ってくださいまし」

「そ、そんなことを言って、もしあの浪人たちが刀を抜いたら、ど、どうしますか」

奥の部屋である。番頭の義兵衛が若いあるじを諭《さと》しているが、やはり市太郎は甘やかされて育った環境から、まだ抜け出していないようだ。

その市太郎を甘やかした先代の後妻も、部屋に同席していた。女隠居というには見かけが若すぎ、町内の者は以前のとおり〝ご新造《しんぞ》さん〟と呼び、奉公人は〝ご新造さま〟と称《よ》んでいる。市太郎を横に随えて端座し、それと向かい合うように義兵衛も端座の姿勢を取っている。

「そのとおりです。そんなところへ市太郎を出して、もしものことがあったらどうしますか！」

案の定、ご新造は柳眉《りゅうび》を逆立て、まくし立てた。

「そういう厄介を処理するのは番頭さん、あなたの仕事でしょう！　我《が》を張らずに、最初のときに十両出しておけばよかったのです。そしたら汐見亭さんまで巻き込まずにすんだのです。町に悪いうわさまで立てられ、こうなったのも番頭さん、おまえのせいです。いまからでも遅くはありません。十両、用意しておきなさい！」

「ご新造さま。お言葉ですが、ああいった類《たぐい》は、一度甘い顔を見せると、そのあと幾度でも来るものです。びた一文、出すことはできません。汐見亭さんも、その算段でおいでです」

「また来たらどうするのです！」

「世間さまが味方をしてくれます。ただ、追い返すのです。市太郎さま、よろしいですなあ。世間が見ているのですぞ」

「そ、そんなことを言っても」

やはり、市太郎は歯切れが悪い。

そこへ、

「番頭さん！　番頭さん！」

廊下に足音が立ち、手代の声が近づいてきた。

来たのだ。

「さあ、こたびは市太郎さま。この屋のあるじとしておもてへ」

義兵衛は言いながら腰を上げ、襖《ふすま》に手をかけた。

それを手代が外から開け、

「来ました。また二人です。さあ、市太郎さま！　お出ましを！」

若いあるじの市太郎に向かって言った。そうするようにと、義兵衛は手代にも命じているのだ。

「おっ母さん」

「なにがおっ母さんですか。この屋のあるじは市太郎さま、あなたですぞ」

義兵衛は市太郎の腕をつかんで引き起こした。

「えぇえ！」

これまでになかった番頭の強い姿勢に、ご新造は絶句の態《てい》となった。

番頭に腕をつかまれ、手代には急《せ》かされ、市太郎はよろけるように廊下に出た。

市太郎の腕をつかまえたまま、義兵衛が手代に、

「首尾は」

「はい。手筈どおり、小僧を走らせました」

「ふむ」

義兵衛はうなずき、

「さあ、市太郎さま」

と、おもての店場のほうへ強く引いた。

「市太郎！」

ご新造が膝立ちになって呼びとめたのを、義兵衛はむろん、手代も心得たように無視した。手代にだけ、助けになる人が泉岳寺門前に詰めており、その背後に奉行所が

つながっていることを話し、手順も説明しているのだ。

その手順の一つである。小僧が前掛《まえかけ》姿のまま、

「ありゃりゃりゃりゃ」

と、伊皿子坂を駈け下り、途中の泉岳寺門前に出る枝道に走り込んだ。

「えっ、坂上屋の小僧さん」

と、往来の者がふり返る。

小僧は番頭に言われていた茶店に飛び込んだ。

「そりゃ来た。行くぞ、市どん」

「がってん」

小僧が店先で口上《こうじょう》を述べるより早く、鬼助と市左は茶店を飛び出した。

あれから十五年である。小僧はもう一人の若旦那・市之助の顔を知らない。

「こっちです、早う」

「おう、分かってるぞ」

鬼助は腰の背の木刀を確かめ、小僧とともに伊皿子坂を上り、市左は門前通りの坂道を下り東海道に出た。南町奉行所に走り込むのだ。

「いつもの浪人が二人だな」

「へえ。大丈夫でございますか」

走りながら念を押す鬼助に、坂上屋の小僧はなかば訝《いぶか》るように応えた。小僧は番頭の義兵衛から、茶店の所在と〝鬼助さんという人〟とだけしか聞かされていない。強請の浪人が来たときに急ぎ呼びに行くのだから、武士ではなくともどんなに強そうなお人、と思っていたところ、弱そうではないがただの職人で、脇差ではなく木刀を一本、腰の背に差しただけである。小僧ならずとも、

(これで強請の浪人を二人とも追い返せるのか)

誰もが疑問に思うだろう。

その疑念は同時に、坂上屋の面々と浪人二人の、鬼助に対する第一印象となるだろう。鬼助にとっては、そこがつけ目だった。浪人二人を相手にするなら、

(まず不意打ちで一人を崩す)

以外に勝ち目はない。あとは勝てないまでも対峙《たいじ》すれば、

(世間が味方してくれる)

これを鬼助は義兵衛と話し合っていた。まさしく鬼助は、市左の実家のため、体を張ろうとしているのだ。

義兵衛にとっても、のるかそるかである。

きのう、泉岳寺門前の茶店でこの策を話し合ったときから、市左を入れた三人の呼吸は合っていた。だから坂上屋の奥の部屋で、義兵衛はご新造を無視して市太郎を無理やりおもてに引っ張り出すことができたのだ。

なかば走りながら、鬼助は小僧の疑念に返した。

「大丈夫かどうか、やってみなきゃ分からねえ」

「えっ」

小僧の疑念は倍加した。

鬼助も、ほんとうは恐いのだ。だが、成り行きでここまで来てしまった。

坂道を上りきった。

坂上屋の前にはすでに人だかりができている。

鬼助は立ち止まり、大きく息を吸った。

二

人垣の向こう、わめき合う声が聞こえてくる。

「そ、そんな理不尽な金、出せません。十両などという大金を。縫い針が刺さったままだったなど、言いがかりじゃありませんか」

「なにい。俺が嘘を言っていると⁉　武士に向かってその雑言《ぞうごん》、許さん！」

いきり立っているのは縫い針の因縁をつけた松沢伝兵衛だろうが、応対しているのは……番頭の義兵衛ではない。

「んんん？　これは！」

と、野次馬も驚いているようだった。

「へい、ご免なすって」

鬼助は人垣をかき分け、前面に出た。足が敷居を越えた。もう店の中である。板の間に身なりのととのった若い人物が端座し、その斜めうしろに義兵衛が座り、背を支えるように押している。

（これが市太郎）

鬼助は直感した。思ったとおりである。絵に描いたような、色白の優男《やさおとこ》である。商家のあるじの貫禄などまるでない。そのようすから、義兵衛が無理やり市太郎の背を押し、矢面《やおもて》に座らせたことが分かる。広い土間で、市太郎のすぐ前に浪人二人が仁王立ちになっている。こやつらが松沢伝兵衛と村山次三郎であろう。

〝許さん〟の声と同時に、松沢伝兵衛は土足のまま片足を板の間に上げ、刀の柄《つか》に手をかけた。

「ご、ご無体な！」

市太郎はうしろへ飛び下がり、端座を崩して尻餅をつくかたちになり上体を手で支えた。

「おぉぉぉ」

店場の出入り口をふさいだ野次馬たちから、事態を危ぶむ悲鳴のような声が出た。いずれも町内の者である。

手代や小僧たちは帳場の奥にひとかたまりになって端座し、蒼ざめている。鬼助を案内してきた小僧は、敷居をまたぎ人垣の前に出たものの、そこで棒立ちになったままである。店場から奥につづく廊下に小さな暖簾がかかっており、そこへ隠れるように人影が見える。ご新造だ。顔は出さず、足をすくませているのだろう。

「ここです、ここで引いてはなりませぬ」

義兵衛は市太郎の耳元にささやき、その背を押した。義兵衛の目に、鬼助の姿が入ったのだ。

「うううっ」

市太郎はうめき声を上げ、気の利いた啖呵が出てこない。浪人が上体を前にかたむけ刀に手をかけているのでは、蛇に睨まれたかえるである。

松沢伝兵衛は勝ち誇ったように、

「さあ、出すか出さぬか。きょうこそは、はっきりと返事を……」

凄みの言葉が終わらぬうちに背後から、

「なんでえ、なんでえ。手ごろな半纏《はんてん》はねえかと来てみたらこの騒ぎ。おっとそこの浪人さん、土足で板の間に足をかけたりして、あっしら買い物に来た客にとっても迷惑ですぜ」

「そ、そうです。商《あきな》いのじゃまです！　帰ってくださいっ」

義兵衛に背を押されたか、鬼助の啖呵に市太郎は呼応した。義兵衛は鬼助の腕を知らない。だが奉行所の同心が、もうそこまで来ていると思っている。市太郎は不意に飛び込んで来た職人風を、なにやら力になる助っ人と思い込んでいる。

「おぉぉぉぉ」

出入り口の野次馬から声が上がった。いずれも町内の住人で、市太郎をよく知っている。ひ弱に見える市太郎が、不逞浪人に喰ってかかったことへの驚きの声である。

さらに、

「いけない、職人さん、関わっちゃ」

「抜くぞ、抜くぞ、あの浪人」

切羽詰《せっぱつ》まった声もかかる。

松沢伝兵衛は片足を板の間に上げ、刀の柄に手をかけたまま、

「うぬぬぬっ」

板の間の若いあるじと、土間の職人風とを交互に睨みつける。突然対手が二人になったことに戸惑っている。

かたわらの村山次三郎が、

「なんだ、こやつ」

と、刀に手をかけたまま、鬼助に向かって腰を落とした。

「おっ、抜く」

「抜きやがるぞ」

野次馬から出る声は、まるで浪人たちを追いつめているように聞こえる。

鬼助は右手をうしろにまわし、

「あ、そうか。こいつらだな、性質《たち》の悪い強請たかりの浪人てのは」

挑発の言葉に、

「おぉっ」

背後の野次馬から声が出た。腰の背の木刀に気づいたのだ。鬼助の手はそこにかかっている。

また市太郎が尻餅をついたまま、鬼助の言葉に呼応した。

「そうなんですっ。この二人なんです、性質の悪い浪人は！」

「なにい！」

片足を板の間に上げた松沢伝兵衛は威嚇のつもりか、ついに刀を抜いた。片手で持っている。

「ひーっ」

「おおぉぉぉ」

奥の暖簾の向こうから悲鳴が上がり、野次馬たちはどよめいた。鬼助はこれを待っていた。

つぎの瞬間だった。鬼助の体が前面に飛翔し、板の間に跳び上がるなり、

「だあーっ」

上段に構えた木刀を打ち下ろした。

骨の砕ける鈍い音とともに、

――カシャ

抜き身の刀が板の間の上に落ちた。

「あわわっ」

市太郎の膝の前だ。

鬼助の木刀が松沢伝兵衛の右手首をしたたかに打ったのだ。

瞬時、鬼助の両腕は松沢伝兵衛の手首の骨がくだけた感触を得た。

「うーむむっ」

松沢伝兵衛は左手で右手首を押さえ、刀を板の間に残したまま数歩、退いた。顔が苦悶している。骨の異常を感じているようだ。

義兵衛は思わぬ光景に息を吞み、反射的に立ち上がるなり市太郎を起こし上げていた。奥の暖簾の向こうに、よろよろと人が崩れ落ちるのを感じた。ご新造だ。浪人が刀を抜いたのへ悲鳴を上げ、つぎの鬼助の動作で腰を抜かしたようだ。

尻餅をつくその音と同時だった。もう一人の浪人、村山次三郎が驚愕の態で、

「きさまーっ」

一歩跳び下がり、刀を抜いた。

「おぉーっ」

野次馬からまた声が上がり、女の悲鳴も聞こえる。それらの数は増えている。

鬼助は土間に跳び下り、正眼《せいがん》の構えで村山次三郎と向かい合った。村山も正眼に構えている。立ち上がりと同時に戦力を一人削《そ》ぐのは、勝利へ絶対必要な策だった。ひと安堵といったところだが、

「ううっ」

うめきは鬼助だった。村山次三郎が一歩跳び下がったのは、大刀の間合いを取るためだったことが、その正眼の構えから分かる。打込むすきがない。吉良家の用心棒に名乗りを上げるだけのことはある。腕が互角なら、真剣の大刀と脇差仕立ての木刀では圧倒的に不利である。

（こやつを先に潰《つぶ》しておくのだった）

思ってももう遅い。

鬼助は正眼の構えのまま、

「ここじゃ店に迷惑がかかる。おもてへ出ろい」

「よかろう」

言うなり村山次三郎は、

「どけどけい」

抜き身の刀を持ったまま入口に向かって走り出た。

「きゃーっ」

「わあ」

野次馬たちは驚き、道を開けた。

「野郎、待ちやがれ」

鬼助は追ったが入口は混乱している。男女の野次馬数人にぶつかる。場所を変え、対手を動かして不意打ちの機会をつくろうとしたのだが、結果は逆となった。鬼助が野次馬をかき分け往還に出るなり、

「だーっ」

大刀が鬼助の頭上に降りかかった。

野次馬たちの悲鳴がまた上がり、大勢が跳ねるようにうしろへ下がり、往還いっぱいに人垣ができた。

そのなかで、

——カキッ
辛うじて鬼助は木刀で真剣を受けとめ、はね返しざま身をかがめ村山次三郎の胸元に跳び込み、

「とーっ」

肋骨めがけてひと打ち……が、木刀は空《くう》を薙《な》いだ。

村山は大刀を撥ね返されると同時に一歩跳び退《すさ》っていた。

鬼助は対手の動きに合わせ踏み込もうとしたが、

「うっ」

動きをとめ、正眼の構えに移った。

村山は大刀を正眼に構え、防御の体勢に入っていたのだ。そこへ踏み込めば一刀のもとに斬り殺される。村山も踏み込めば小回りの利く木刀で撥ね返され、胸元に跳び込まれて胴を打たれる。この職人風の木刀の威力は、さきほど見せつけられたとおりだ。

双方、正眼の構えで対峙したまま、動きがとれない。

野次馬の数はさらに増え、対峙する職人風と浪人を遠巻きに囲み、通りをふさいでいる。そのなかに義兵衛も市太郎もいる。二人とも気が気でない。とくに義兵衛などは、奉行所の役人がすぐ近くに来ていると思っていたのに、その気配がない。しかもこの対峙、誰の目から見ても短い木刀よりも長い真剣のほうが有利である。

だが、鬼助は不利ではなかった。

「や、やい、浪人。木刀に真剣たあ卑怯だぞ」

「そうよ、そうよ」

男の野次馬が声を投げれば女の声もあと押しする。

「職人さん！　その浪人、知っているぞ。強請の悪党だ。やっちまえ！」

「そうだ。叩き殺せ！」

さらに声が飛ぶ。

世間が鬼助に味方しているのだ。

これの双方に与える心理的影響は大きい。

鬼助は意気盛んとなり、村山次三郎は、

「うううっ」

焦りを覚え、とっさに刀を抜いてしまったことが悔やまれてくる。だが、こうなった以上あとには引けない。

なおも対峙し、鬼助は対手の打ち込んで来るのを待っている。対手のふところへ飛び込むには、その瞬間しかないのだ。

動いた。

「えいっ」

野次馬のなかからである。村山次三郎に、薪雑棒《まきざっぽう》が投げつけられたのだ。義兵衛だ

った。立てつづけにさらにもう一本、

「わっ」

一本目は頭をかわして避けたものの、二本目が耳を直撃した。村山次三郎の正眼の構えが乱れた。防御の体勢にすきが出たのだ。

鬼助が見逃すはずはない。

「だーっ」

かけ声もろとも踏み込み、下段から木刀を肋骨に打ち込んだ。ふたたび鬼助は、木刀から骨を打った感触の伝わってくるのを得た。

「うっ」

村山次三郎のうめきと同時に、

──カシャ
大刀が地面に落ちた。

「やりなすった」

「お見事」

周囲から声が飛び、鬼助は、

「さあ、皆の衆。すぐお役人が来まさあ。こいつら二人、刀を抜いて商家を脅した悪党だ！　自身番に引いてくだされいっ」

「おぉう」

「それっ」

と、町の男たちが刀を失った村山次三郎に飛びかかった。

坂上屋の商舗の中では、隣家の汐見亭の番頭たちが来て松沢伝兵衛を取り押さえていた。

「医者を、医者を呼べ！」

松沢伝兵衛はわめいていた。

「ふーっ」

鬼助は緊張がとけたか、その場に座り込んでしまった。

三

市左は走っていた。町駕籠を追い越し、急ぎの大八車と、

「おっとっと」

ぶつかりそうになったのを巧みに避け、

「おっと、ご免なすって」

往来人と往来人のあいだをすり抜け、南町奉行所に駆け込むと、

「おう、来たか」

と、小谷健一郎は千太を随え、待っていた。

六尺棒の捕方二人を連れ、飛び出した。そこに市左と千太がつづいている。

町奉行所の同心が、鉢巻にたすきまではかけていないものの、地味な着物を尻端《しりは》折《しょり》に六尺棒の捕方二人と岡っ引や職人姿を引き連れ、なかば駆けるように急ぎ足になっていたのでは、

「なにごと!?」

と、往来の者はふり返り、しばらくあとに尾いて来る者までいる。

人通りの多い大通りは避け、裏道を急いだ。

高輪に入ってからも東海道は踏まず、坂の多い裏道を急いだ。

伊皿子台町に入ると、

「あっ、お役人が来なすった」

「こっちです。早う、早う」

と、小走りで案内に立つ住人もいる。

このときばかりは、町全体が役人の来るのを待っていた。

一行は坂上屋と汐見亭の前を通った。奉公人たちが往還に出て一行を迎え、見送った。

このとき、市左の姿はそこになかった。

もし一緒に走っていたなら、

『あっ、あれは若旦那では』

と、声が出たはずである。

先頭の小谷の足が高輪に入ったとき、市左の姿は消えていた。

自身番はおもての通りから枝道へすこし入ったところにある。

刀を抜いた浪人二人を大勢で取り押さえたのだ。後難があってはならない。住人たちが心配げに自身番の前に集まっていた。

「俺たちは罪人ではないぞ！」

「この扱い、許さん！」

中からわめく声が聞こえてくる。

そのあとに決まって、

「ううううっ」

と、うめき声がつづいた。

自身番では、町の地主や大店《おおだな》のあるじたちで構成されている町役《ちょうやく》たちが、松沢伝兵衛と村山次三郎を縄まではかけていないものの、奥の板の間に閉じ込め、医者を呼んでいた。どこの自身番にも、奥に板の間の部屋がある。町内で押さえた暴れ者や不審者を、奉行所の役人が来るまでしばし留め置くための部屋だ。

刀を抜いた以上、浪人の町人に対する威嚇であり、しかも、まかり間違えば坂上屋で客の一人と若いあるじが殺されていたかもしれない事件……として伊皿子台町の町役たちはとらえている。

喧嘩両成敗というが、

「いえね、相手は真剣のおさむらいでやしょう。もう、足が震えやしたよ。手首を打ち据えたのは、店のお人らが難儀されているので、ついおさむらいへの怒りでカッとなり、もう無我夢中でやしたもので。おもてに出てからも足の震えがとまらず、まわりが声援を送ってくださり、どなたかが薪雑棒を投げてくださらなかったなら、あっしは確実に斬られていましたよ」

鬼助はホッとしたようすで町役たちに話した。確かに周囲からはそのように見え、実際の動きもそのとおりだった。これでは喧嘩両成敗の範疇《はんちゅう》に入らない。慮外者《りょがいもの》の浪人を、一人の職人が矢面《やおもて》に立ち、町全体で押さえ込んだことになる。医者を呼んだのも、親切などではなく、松沢伝兵衛と村山次三郎が無理やり帰ろうとするのを防ぎ、役人が来るまでの時間稼ぎのためだった。縫い針の松沢伝兵衛は右手首の骨を確実に折られ、釣り針の村山次三郎も、

「うーむ。一本は確実に折れておりますな」

と医者が診立てたように、肋骨《ろっこつ》を折られていた。

自身番では日々の出来事を書役《かきやく》が控帳《ひかえちょう》に記《しる》すが、この初期段階の控えが奉行所での取調べのとき重視される。書役は鬼助の言葉を記した。野次馬の目撃談とすべて一致している。

しかも、汐見亭のあるじが町役の一人である。

これまでの坂上屋と汐見亭への浪人二人の所業は〝強請〟と断定的に記述された。これまで汐見亭は坂上屋を大変な客を入れてくれたと恨んでいたが、浪人どもが坂上屋で押さえ込まれたとなれば事情は異なり、一転して両家が合力《ごうりき》するところとなっていた。一方の当事者として、市太郎も番頭の義兵衛もいま鬼助とともに自身番に顔をそろえている。

坂上屋も先代の市右衛門《いちえもん》のときは町役であったが、市太郎は若すぎるということで

町役には就いていない。だが、きょうの松沢伝兵衛とのやりとりは克明に記された。ひ弱な市太郎が、不逞浪人相手に尻餅をついたものの一歩も退かなかったのだ。むろん、番頭の義兵衛に背を押されていたことは記述されなかった。

町役も書役もすべて町内の者であれば、控帳に記された内容はすぐにも町内へ洩れる。きょうを境に、市太郎は町内から見直されることになるだろう。

「おっ。お役人が来なさったぞ」

「わっ、六尺棒も。さ、乱暴者はこの中です」

と、自身番のおもてが騒がしくなったのは、医者が骨折の箇所に添え木をあて、包帯を巻いて固定しているときだった。二人とも骨の具合が心配なのか、療治を受けているときはおとなしかった。

おもての野次馬たちは奉行所の同心に道を開け、中では町役が土間に下り、

「お待ちしておりました」

と、鄭重に迎えた。普段なら同心が自身番に来るなど、接待に費用もかかり気も遣い、口にも顔にも出さないが町の者にとっては迷惑なことこの上ない。

だが、きょうばかりは事情が異なる。早く大番屋へ引いて行ってもらい、できるだけ重い罪を着せ、後日お礼参りになどに来られないようにしてもらわなければならな

い。だから控帳はそのように作成した。

一方、松沢伝兵衛と村山次三郎は役人に引き渡されると聞き、町役の事情聞き取りに強請《ゆすり》は否定し、あくまで縫い針と釣り針の代償だと言い張った。しかし控帳には、明確に〝言いがかり〟と記されている。村山も松沢も、控帳が記されていることは目の前で見ているが、文面までは見ていない。

奉行所の役人が来たことに、ホッと人心地ついたのは、この松沢と村山だった。店の不始末の代償を求めて重傷を負わされ、このあともしばらく骨接ぎ医者の世話にならなければならない身となっているのだ。武士としてみっともない話だが、奉行所の同心が仲裁人になり、代償の要求さえ取り下げればこの場で放免されると思っていたのだ。

ところが、小谷同心は千太と捕方二人をおもての畳の間に待たせ、奥の板の間に入るなり、包帯を巻かれ板敷きに胡坐《あぐら》を組んでいる二人を一瞥《いちべつ》し、

「おう、こいつらかい。商家を強請りに来て、逆に町の者に打ち負かされたっていう浪人は」

「違う、違う。ううう っ」

「不始末の代償を、求めただけだ」

骨折を気にしながら訴える二人に、

「うるせえ」

一喝し、

「控帳を見せろ」

「はい、これでございます」

町役が差し出した控帳を手に取った。

まだ墨が乾ききっていない。

立ったまま、

「ふむふむ、なるほど」

と、一読し、

「大番屋であらためて吟味する。立ちませいっ。この控帳にある坂上屋と汐見亭の者も、参考人として一緒に来てもらおう」

有無《うむ》を言わせぬ勢いで言った。

「ま、待ってくれ」

「聞いてくれ」

松沢と村山は懇願するように言ったが、

「聞くのは大番屋に行ってからだ。縄をかけないだけでも武士の情けと思え」

再度言った小谷同心に、医者が応じるように言った。

「お二人さま。どちらも骨折ゆえ、今夜あたり本格的に痛み、熱も出ますゆえ、不自由でしょうが、耐えてくだされ」

その言葉に、二人は蒼ざめた。茅場町《かやばちょう》の大番屋にも牢はあり、その中で〝耐えよ〟と医者は言っているのだ。

大勢の人垣のなかに、小谷同心を先頭に浪人の大刀を抱えた千太がつづき、そのうしろに六尺棒の捕方を随えるように無腰の浪人二人が歩き、さらに市太郎と汐見亭のあるじがつながった奇妙な一行が出たのは、このあとすぐだった。

人垣のなかから、

「もう二度とこの町に来るんじゃねえぞ」

浪人二人に罵声が浴びせられた。

高輪の伊皿子台町から日本橋に近い茅場町の大番屋まで、ゆっくり歩けば一刻（およそ二時間）近くはかかるだろう。手負いの松沢と村山には、過酷な道のりとなる。縄はかけられていなくても、手負いの身では逃げ出すこともできない。

一行が高輪界隈を出たころ、市左の姿は泉岳寺門前の茶店の部屋にあった。鬼助と義兵衛が同席している。

義兵衛が開口一番に言った。

「いやあ、驚きました。鬼助さんがあそこまで度胸があって、腕も立ちなさるとは」

「なあに、俺は義兵衛さんの薪雑棒に助けられたようなもんでさあ」

鬼助は返した。実際、そうなのだ。

だが、事件をふり返るのが、この談合の目的ではない。

「市之助さま」

義兵衛は市左に視線を据えた。

「ほんとうに、これでよかったのでございますね」

あらためて念を押した。

無理もない。市左が鬼助と行動をともにし、伊皿子台町に姿を現わしていたなら、

「――あっ、あれは十数年まえ家を出た……」

と、沿道から上がる声に、事態は違った方向に展開していたかもしれない。市左こと長男・市之助の、坂上屋返り咲きである。

「ほんとうに……」

義兵衛は再度言った。事後に泉岳寺門前の茶店で落ち合いましょうと、三人での談

合を望んだのも義兵衛である。

「くどいよ、義兵衛さん。私はねえ、起伏と緊張感のあるいまの生活《たつき》が気に入っているのですよ。こたびの件は、市太郎を男にするのにいい機会でした。聞けば義兵衛さんがそのように仕組んでくださった。わたしからも礼を言いますよ」

市左は故意に鄭重なお店者の言葉遣いで、義兵衛にも他人行儀に〝さん〟付りで呼んだ。あえて伝法な言葉を遣わなかったのは、市左なりのお店者である義兵衛に対する、決別の意思表示であった。

義兵衛はため息をついた。市左の固い意志を感じ取ったのだ。

「分かってくれやしたかい、義兵衛さん」

急に市左は伝法な言葉に戻り、

「ま、俺が浮き草稼業から足を洗い、店の一つも持ちたくなりゃあ、自分の腕で持ちまさあ」

「あはは、市どん。そのときゃあ俺が人助けの見倒屋稼業を立派に引き継ぐぜ」

鬼助が応じるように言った。

話がそこまで進めば、固いお店者の義兵衛には縁遠いものとなる。

泉岳寺門前の茶店で三人が腰を上げたのは、太陽が西の空に大きくかたむいた時分だった。店の前で、義兵衛は職人姿の二人にふかぶかと頭を下げた。

鬼助と市左は袖ケ浦に沿った街道を、潮騒を聞きながら急ぎ足になった。落ちかけた太陽に、地に引く影がことさら長くなっている。

話しながら、さらに足を速めた。

「ま、市太郎はまだ頼りねえが、あの番頭さんがついていりゃあ坂上屋は安心だな」

「あっしもそう思ったから、きょうは裏方に徹することができたのでさあ」

急ぎの荷か、大八車が車輪の音とともに二人を追い越して行った。

話はつづいた。

「おめえってやつは、まったく欲のねえ男だぜ」

「へへへ。兄イはそれに輪をかけたようなお人じゃござんせんかい。まったく体まで張りなすって」

足は田町に入ったが、日本橋を過ぎ神田の大通りに入るころには、もう日暮れているかもしれない。

「本所への報告は、あしたにするか」

「それそれ、それがあったんでやすねえ」

市左は弾んだ声になった。加瀬充之介をとおしての吉良邸との結びつきは、小谷も知らない二人だけの秘密である。そうしたことが市左にとって、日々の生活に充実《たつき》を覚える基《もと》となっている。さらに、鬼助が元赤穂藩士堀部家の中間であったとは、市左と小谷は知っていても、加瀬充之介は知らないのである。そうした秘密の満ちたなかに、市左は暮らしていることになる。

四

翌朝、

「さあ、兄イ。きょうは吉良邸だぜ」

市左が開けたばかりの雨戸を閉めかけたとき、仕事に出るお島が通りかかり、

「あらー、きょうはこれから？　きのうも朝早くに出て日暮れてからも帰っていなかったようだけど」

「おう、なにかと野暮用《やぼよう》があってなあ。きょうもこれからお出かけでえ。また、いい話があったら頼むぜ」

市左が言ったのへ、お島は商売道具の荷を背負ったまま立ちどまり、

「あるかもしれないい、近いうちに」

 っている。

「ほっ。夜逃げかい、駆落ちかい」

と、鬼助も居間から縁側に出てきた。すでに腰切半纏を三尺帯で決め、職人姿にな

「あら、鬼助さん。まあ、夜逃げになるかねえ。もうすこしようすを見なきゃ分からないけど、家族者だから物は多いよ。あたしの知り人に信用できる見倒屋さんがいるから、とそれとなく耳に入れておくよ。それじゃね」

お島は言うとおもての通りへ出て行った。

「兄イ、きょうあすに迫った仕事じゃなさそうだなあ」

「ああ、そのようだ。ま、どんな仕事になるか、楽しみに待っていよう」

二人は話しながら雨戸を閉め、外に出た。

大伝馬町の通りに出て両国広小路に向かった。むろん、行き先は吉良邸である。外に出たとき、二人は浅野家や吉良家の話はいっさいしない。どこでどう聞かれるか分からないからだ。そうした用心も、鬼助にとっても市左にとっても、心に充実をもたらすものとなっている。

朝から人出でにぎわう両国広小路から両国橋を渡り、回向院《えこういん》の裏手に進むと閑静な武家地が広がる。

裏門に訪《おとな》いを入れると、耳門《くぐりもん》を開けて顔をのぞかせた門番が、

「おう、あんたらかい。加瀬さまだな。中に入《へぇ》って待ってな」

と、手招きし、その足で奥へ駈け込んだ。もうすっかり顔なじみになっている。

きょう門番は一人か、詰所《つめしょ》には誰もいなかった。

待つあいだ、

「兄イ、ほんとうは自分で中まで入《へぇ》りてえんじゃねえので？」

「しーっ」

市左が言ったのへ、鬼助は叱声《しっせい》をかぶせた。

「へえ」

市左は首をすぼめた。

入りたい。入って改修後の母屋や新築されたお長屋の規模を確かめたい。屋内に入らずとも、外見だけでも、弥兵衛の浪宅や安兵衛の道場へ行ったとき、いいみやげ話になる。だが鬼助は、それをおくびにも出さないことに決めている。屋敷内を見たがる素振りを見せ、

『こやつ、いったい？』

と、加瀬充之介にいささかでも疑念を持たれたなら、向後《こうご》のつなぎにさし障りが出

る。鬼助は心中秘かに、旧主である堀部弥兵衛の〝密偵〟を任じているのだ。

すぐに足音が聞こえた。

走って来たようだ。

「おっ、二人で来たか」

と、加瀬充之介は門番詰所に飛び込むと、うしろ手で板戸を閉めた。門番には聞かせたくないのだろう。

低声《こごえ》になった。

「松沢伝兵衛と村山次三郎のことだろう。それにしても早いな。なにか分かったか」

「分かったなんてもんじゃありやせんぜ」

鬼助も低声をつくり、

「あの二人、確かに田町六丁目に住んでおりやした。おっしゃるとおり、町の用心棒をしておりやすが、住人たちに頼られているのじゃなく、法外な見ケ〆料などを町の者から脅し取り、逆に嫌われておりやして……」

話しはじめた。三人は板の間に腰かけず、立ったままである。

話のきわめつけは、なんといっても伊皿子台町での強請である。

坂上屋と市左との関係や、自分が小谷同心と組んで刀を抜くよう挑発したことなど

はすべて省略し、

「太物店《ふとものだな》と料理屋の大店《おおだな》二軒に言いがかりをつけ、執拗に金品を強請ろうとして刀まで抜き、それがきのうのことでやすが、駈けつけた奉行所のお役人に引かれて行きやした」

「なんと！」

「ともかく、そういう性質《たち》の悪いやつらでさあ。この市左と手分けして探り出しやしたので」

「ふむ。さっそく山吉新八郎どのに報告しておく。おまえたちが探索したということもなあ」

「ああ、あの山吉さま」

市左が返した。引っ越しのときの総差配が山吉新八郎だったから、市左も山吉の顔を知っている。

「きょうはご苦労だった。もう帰っていいぞ。あとでまたつなぎを取るゆえ」

言うと加瀬充之介はくるりときびすを返し、板戸を開けてさっさと門番詰所を出て行った。ひと呼吸でも早く山吉新八郎に報告したいといったようすだった。

鬼助と市左は門番詰所に取り残され、

「なんでえ、あっけなさすぎるぜ」

「いや、そうじゃねえ。俺たちの報告がそれだけ重要だったたってことよ。だから加瀬さん、あとでつなぎを取るって言ってたろう」

「まあ、そういう感じだったが」

二人は言いながら外に出た。

「おう、もう用事はすんだかい。また来ねえ」

門番は愛想よく耳門を開けて見送った。さすがに門番で、顔見知りになっているとはいえ、なんの用事だったなど訊こうともしない。


二人は両国橋に歩を踏んでいる。両国橋や日本橋、京橋などの、間断のない大八車の車輪や往来人の下駄の音は、江戸の繁盛をあらわす響きである。

そのなかに鬼助は言った。

「すまねえ。ここからさきに帰っていてくんねえ」

「なんでえ、またかい」

市左は不満そうに返した。橋を渡り両国広小路に入れば、堀部弥兵衛の浪宅がある米沢町はすぐそこだ。市左も一緒に行きたいところだが、鬼助が堀部家と元主従関係ならば邪魔するわけにはいかない。

「だったら俺、ちょいと茅場町《かやばちょう》をのぞいてくらあ」

日本橋を渡って海辺側の東へ折れたところで、町奉行所の組屋敷がある八丁堀のすぐ近くだ。不審な者を捕え、小伝馬町の牢屋敷へ送るまえに罪状を吟味する大番屋がそこにある。きのう松沢伝兵衛と村山次三郎がそこへ引かれた。罪状は伊皿子台町の自身番が記した控帳ですでに明らかだが、なにしろ二人とも骨折しており、牢屋敷には送られず、まだ大番屋の牢に留め置かれているだろう。行けば小谷同心もそこにいて、これからの方向が分かるかもしれない。伊皿子台町の坂上屋と汐見亭にとって、大事なことなのだ。

両国広小路のにぎわいのなかで二人は別れた。

広場から直接米沢町に入るのではない。茶店の縁台に座って怪しい目が尾いていないか確認し、さらに薬研堀《やげんぼり》のほうを歩き、広場とは逆の方向から米沢町に入った。密偵であれば、それだけの用心は必要だ。

簡素な板塀の門は開いていた。

勝手知った構造で中間《ちゅうげん》時代とおなじく玄関には入らず軒端《のきば》づたいに裏手へまわり、裏庭に面した縁側の前に片膝をつき、

「鬼助、用件あって参りましてございます」

訪《おとな》いの声を入れた。

この浪宅には隠居の弥兵衛と老妻の和佳《わか》、安兵衛の妻女で娘の幸《さち》の三人だけのはずだが、冬場で閉め切られた明かり取りの障子の向こうに、あと数名いるのが感じられた。安兵衛さまが本所三ツ目の道場から帰っておいでかと鬼助は思ったが、

(ん?)

なにやら切羽詰まった空気が感じられる。

ひと呼吸ほど間を置いて、

「おう、鬼助か」

と、やはり安兵衛が来ていた。声とともに障子が開いた。

部屋にはさらに高田郡兵衛《たかだぐんべえ》と松井仁太夫こと不破数右衛門《ふわかずえもん》の顔があった。

談笑していたのではない。なにやら緊迫した雰囲気がそこにあった。和佳と幸は別の部屋にいるようだ。

「用件あって、と申したなあ。なに用じゃ。さあ、そこじゃ遠い。縁側に上がれ」

隠居の弥兵衛が言ったのへ、

「はっ」

鬼助は縁側に上がって端座し、部屋の雰囲気に戸惑いながら、

「さきほど、本所の吉良邸に行って参りました」

「なに！」

弥兵衛、安兵衛、郡兵衛、数右衛門の四人は一斉に、上体を縁側の鬼助のほうへかたむけた。

「そこじゃまだ遠い。中に入って障子を閉めろ」

「ははっ」

鬼助は言われるまま部屋の中に入り、端座して腰の背の木刀を右脇に置いた。職人風体を扮《こしら》えていても、木刀があるかぎり心は堀部家の中間なのだ。

「実は……」

鬼助は吉良邸の新たに家士となった人物から、浪人二人の身辺調べを頼まれたことを語った。ここでも市左の関わりや自分の活劇は省略した。それらは元浅野家臣たちの存念とは関係のないことなのだ。

話し終えると安兵衛がすかさず、

「それ義父上《ちちうえ》、ご覧《ろう》じあれ。その田町の浪人二人は門前払いであろうが、吉良は着々と防御を固めておりまする。一日遅れればそれだけわれらの成就《じょうじゅ》は困難となるので

すぞ！」

「さようでござる！」

「この機に、一日も早いご決断を！」

郡兵衛と数右衛門が安兵衛のあとをつなぎ、弥兵衛を凝視した。

その熱気に鬼助は、

（この機に？　なにかあったのか）

直感したが、いかに密偵を任じていても元中間の身では質《ただ》すことはできない。戸惑っていると弥兵衛が、

「鬼助、ご苦労だった。その話、われらにとって非常に貴重なものだ。これからも吉良家の者に覚《さと》られぬよう慎重にふるまい、吉良邸の動きを探ってくれ。さあ、きょうはもう帰れ」

「ははっ」

言われれば退散せざるを得ない。

期待されているにしては、そっけない浪宅の応対である。ただ、おもてにまわり板塀の門を出ようとしたとき、玄関から幸が出てきて、

「すみませんねえ、お茶も出さずに」

と、軽く辞儀をしたのがせめてもの慰めだった。

「滅相もありませぬ」

鬼助は深く腰を折って辞儀を返し、堀部家の浪宅をあとにした。


伝馬町の棲家には、鬼助のほうがさきに帰った。

閉めていた縁側の雨戸をふたたび開け放し、しばらく経てから市左が帰ってきた。

太陽がまだ西の空に高く、

(浪宅でなにかがあり、なにかが進行している。いったい、なにが)

頭を悩ましていたときだった。

市左の声を聞くなり頭の中は切り替わり、

「おう、大番屋のようすはどうだったい」

「ははは、進み具合はけっこうおもしろくなりそうだぜ」

と、市左の機嫌はよかった。

居間に入るなり、

「きょうも市太郎と汐見亭の旦那、それに田町六丁目の茶店のおやじ衆が幾人か大番屋に呼ばれていてよう、俺はそれらと顔を合わせねえようにして、小谷の旦那に陰でそっと聞いたのよ」

と、話しはじめた。

浪人の松沢伝兵衛と村山次三郎は、伊皿子台町の医者が診立てたように、昨夜は牢内で高熱と痛みに一晩中うめいていたらしい。そのせいであろうか骨接ぎ医者を呼んでもらいたさに、これまでの行状をかなり白状したらしい。それによれば言いがかりをつけての強請は、伊皿子台町だけでなく、以前からかなりやっていたようだ。これから、被害に遭った商家の者を大番屋に呼び、

「裏を取るのに四、五日はかかるらしいや」

「田町の茶店のおやじたちが呼ばれていたのは、その第一陣かい」

「そういうことだ。小谷の旦那が言ってたが、前例に照らしゃあ軽くて江戸所払《ところばら》い、重くて遠島ってとこらしい」

「ほう。それならおめえの実家も汐見亭も、あの二人がお礼参りに来る心配はねえってことだな」

「そういうことだ。で、米沢町のご隠居のほうはどうだったい。喜んでくだすったかい」

「ああ、これからも先方に覚られねえように気をつけ、分かったことがあれば知らせ

てくれと、な」

　鬼助は浪宅に不穏な感触のあったことは伏せた。話せば興味を持つだろうが、得体の知れないものがなにか分かるまで、自分の胸に収めておこうと思ったのだ。あるいは、自分の早とちりかもしれないのだ。

「それはありがてえ。きょうの加瀬の旦那への報告はまぎれもねえ事実だし、これを皮切りにまた別の浪人調べの依頼が来りゃあ、見倒屋稼業の一環でいい小遣い稼ぎになるし、米沢町のご隠居や道場の安兵衛さまにも喜んでもらえるし、こいつあたまらねえ」

　と、市左は伊皿子台町へのひと安堵からか、思考が実家の坂上屋から離れ、すっかり伝馬町の見倒屋に戻ったようだ。

　その勢いでさらに言った。

「そうそう、兄イ。けさ、お島さんが言《へえ》っていた夜逃げの話よ。家族者なら物《ぶつ》は多いはずだ。箪笥《たんす》なんかがあってみろい。入りきらねえぜ」

　物置に使っている玄関側の部屋には、布団や古着、まな板や包丁、桶などがかなりたまっており、長持《ながもち》一棹《ひとさお》に屏風《びょうぶ》が一帖《いっちょう》あり、そこへひと家族分の物を持ち込めば、足の踏み場もなくなる。

「だがよ、まだそうと決まったわけじゃねえし、それがどこの誰かも分からねえんだぜ」

「兄イよう、もう分かっていなさろう。どこの誰と分からなくても、この稼業は不意に仕事が入《へえ》るもんだぜ。いまにもお島さんが駈け戻ってきて、これからすぐ大八車を出すことになるかもしれねえ」

「おう、そうだったなあ。それが見倒屋のイロハで、おもしれえところだってえの、おめえに教えてもらったんだった。すまねえ、さっそくあした柳原へ出して、部屋を空けておこうぜ」

と、鬼助も見倒屋の感覚を取り戻した。

「そう来なくっちゃ。さあ、あしたの用意だ」

市左は返し、二人は物置部屋に移動した。

太陽が西の空にかなり低くなり、お島が路地に長い影を引き帰って来たのは、その仕分け作業がおおかたかたづいた時分だった。

障子を開け放した物置部屋から市左が、

「おう、お島さん。どうだったい」

「おっ、帰って来たな」

声をかけながら縁側へ出たのに鬼助もつづいた。

「ああ、きょうはお二人ともそろっているんですね」

言いながらお島は歩み寄り、

「よいしょっと」

背の荷を縁側に置き、そのまま腰かけた。市左と鬼助はそれを迎えるように胡坐に腰を据えたが、お島は自分から縁側に寄って来たのではないから、夜逃げの話はまだきょうあすのことではなさそうだ。

案の定だった。お島は上体を市左と鬼助のほうへねじると、

「ごめんよ。きょうはそっちもまわろうと思っていたんだけど、つい小伝馬町から柳原界隈のほうで時間をとっちまってさあ」

「行かなかったのかい」

「ああ。おかげでみょうなうわさを聞いたよ」

市左にお島が応えたのへ、鬼助が問いを入れた。

「みょうな？　柳原の土手《どて》でかい」

「そうさ」

「どんな？」

鬼助も市左も真剣な表情になって、ひと膝まえにすり出た。あしたの朝、そこへ物を卸《おろ》しに行くので、いま物置部屋を整理していたのだ。

筋違御門《すじかいごもん》の火除地広場から神田川に沿って両国広小路まで、十六丁ばかり（およそ一・八粁《キロ》）にわたって延びる柳原土手は、通りの両脇に古着屋や古道具屋の簡素なつくりだが常店がならぶほか、莚《むしろ》一枚か風呂敷を広げただけの行商人もあちこちに店開きをしている。繁華な筋違御門の火除地広場と両国広小路を結ぶかたちになってい るため、買い物だけでなく、諸人《もろびと》のそぞろ歩きの場ともなっている。

その柳原土手で、近ごろ揉めごとが頻発しているというのだ。

一月《ひとつき》ほどまえには、踏み台を買った客が家で使ったら壊れて大けがをしたといって法外な治療代をせしめようとし、駈けつけた店頭《たながしら》の若い衆と喧嘩になって店が壊された、十日ほどまえには洗濯をしていない汗臭い古着を売りつけられたと因縁をつけた客が店で大暴れをしたそうな。小さな小競り合いは枚挙にいとまがないという。

そうしたことがつづけば柳原土手の評判は落ち、危ない土地《ところ》としてそぞろ歩きの人の足は遠のき、買い物客は来なくなり、売人《ばいにん》は誰に因縁をつけられるか分からず戦々恐々としなければならなくなる。当然、通り全体の浮沈にかかわり、売人などは死活問題となる。

「それは知らなかったなあ。で、店頭《たながしら》の八郎兵衛《はちろべえ》さんはどうしていなさる」

　鬼助は問いを入れた。

　そうした混乱を防ぐのが、店頭の仕事である。門前町や色街など、人のにぎわう町にはかならず店頭と呼ばれる顔役がいる。増上寺門前のように広い町場では、店頭が四人も五人も立って互いに縄張を持って共存し、ときには縄張の奪い合いで刃傷《にんじょう》ざたになったりもする。

　柳原土手を仕切っているのが八郎兵衛といい、周囲からは土手の八兵衛《はちべえ》さんと呼ばれている。

　お島は鬼助の問いに、

「直接、土手に行って聞いたわけじゃないから知らない。柳原がそんな危ないところになったんじゃや、あたしゃ行きたくないよ。くわばら、くわばら」

　応えながら腰を上げ、

「そうそう、夜逃げの話ねえ。小柳町《こやなぎちょう》の裏店《うらだな》に住んでいる、文机《ふづくえ》や箱火鉢や箪笥《たんす》をつくっている嘉吉《かきち》という指物《さしもの》の職人さんさね。年ごろの娘さんがいてねえ、あたしのお得意さんなのさ。あしたはきっとのぞいてみるさ。助けられるような事情があれば、助けてやっておくれな」

「そりゃあ、事情しだいさ」

市左が帰り支度のお島に返した。このとき鬼助も市左も、お島ののんびりとしたようすに、夜逃げの話にまだ切羽詰まったものを感じなかった。

その背が沈みかけた太陽に長い影を引き、奥の長屋に消えた。

「兄イ、似ていねえかい」

「ああ、似ている」

伊皿子台町の強請の手口とである。

だが、鬼助は言った。

「なあに、柳原には土手の八兵衛さんがいなさる。俺たちが出張《でば》ることねえぜ」

「だがよ、おなじ手口なら許せねえ。ともかくあしたの朝、土手で詳しく聞こう」

「それよりも市どん、おめえが言っていたことだぜ、夜逃げのほうが肝心だって。小柳町の指物師か、気にならあ」

「もっともだ。それが俺たちの本業だからなあ」

陽が落ちたようだ。

ふっと鬼助はため息をついた。頭を見倒屋に切り替えたものの、やはり堀部家の浪宅で感じた、切羽詰まった雰囲気が脳裡から離れないのだ。

五

「あら、お早う。縁側の雨戸、閉まっていると思ったら、これから土手？」

一度開けた縁側の雨戸を閉め、職人姿の鬼助と市左は玄関口のほうで大八車の荷づくりをしていた。そこへこれから商いに出るお島が路地から出て来たのだ。まだ太陽が出てから半刻（およそ一時間）も経ていない。

柳原土手の古着屋や古道具屋へ物を卸すのは、そぞろ歩きや買い物客が出てくるまえに片づけなければならない。きょうは一回では終わらず、二回に分けなければならない。いま積み込んだのは長持や屛風、包丁にまな板などだ。

お島が声をかけて来たのへ市左が、

「ああ、お島さんへの割前も稼がなきゃなんねえからなあ」

「頼みますよ。でも、柳原、物騒だっていうから気をつけてね」

と、おもての通りへ出るお島を追うように、大八車も車輪の音を立て棲家の玄関前を離れた。市左が軛《くびき》の中に入って牽き、鬼助がうしろから押している。品物を卸すのに木刀は似合わないので、積荷のなかに忍ばせている。

急いだ。棲家から柳原土手へは、小伝馬町の牢屋敷の横を抜けるのが近道で、いつ通っても人通りがほとんどなく、不気味さを感じる往還《おうかん》である。そこを経れば、ちょうど柳原土手のなかほどに出る。

きょうは二往復しなければならないから、急ぎの荷のように走った。

土手に着いたころ、莚や風呂敷の行商人はまだ出て来ていないが、常店はもう人が出て店開きの準備をしていた。

市左の商いは効率がよかった。一軒一軒まわるのではなく、家具類はどこ、荒物はあそこ、刃物類はあちらと、取引の商舗《みせ》を決めているのだ。商舗のほうも、

「おう、兄弟《きょうでえ》。また持って来てくれたかい」

と、それをあてにしているから、値の交渉も速い。柳原土手では、常店も行商の者も互いに〝兄弟〟と呼んでいる。市左もその兄弟の内側の人間になっているのだ。鬼助も市左と一緒にいることから、売人仲間から兄弟と呼ばれるようになっている。

大八車はすぐカラになった。卸しが一つまとまるたびに、

「ところで最近よう……」

と、兄弟たちに訊いた。

訊かれた兄弟たちは異口同音に応えた。事態はお島の話よりさらに深刻だった。

「みょうな客が来ねえか、もう神経使いっぱなしで、それだけで疲れるよ」

「因縁をつけるやつらの顔ぶれは決まってらあ」

と、若い遊び人風の男が四、五人らしい。

「そいつら、矢場《やば》に入り浸《びた》ってよ、いまじゃ近くの茶店にさえお客が寄りつかねえ」

「寄りつくのは、なにか起こらねえかと待っていやがる野次馬ばかりさ」

土手の通りがそぞろ歩きの場であれば、随所に茶店や甘酒などの屋台も出ており、常設の矢場もある。通りの中ほどからすこし両国寄りのところで、店頭の八郎兵衛が出している店で、近辺に茶店や食べ物の屋台も出て、そのあたりが柳原土手の中心地となっている。そこに入り浸って営業妨害をしているとは、

「こりゃあ兄イ、意図的にやってやがるとみて間違《まちげ》えねえぜ」

「八兵衛親分、困っていなさろう。どう対処なさるか」

つぎの荷は、布団や古着類だ。話しながら伝馬町の棲家へ大八車を牽いて帰った。

小伝馬町の牢屋敷の脇を、急ぐように戻っている。市左が軛《くびき》の中に入り、轅《ながえ》の外を鬼助が走っている。

「ともかくだ、これを早くかたづけて、あとはお島さんの言っていた小柳町の指物師の夜逃げを待とう。それが俺たちの本業だからなあ」

「おっ、兄イ。すっかり見倒屋になりやしたね。だけどよ、柳原土手が乱れて、せっかく見倒した物を買い取ってくれる兄弟たちがぐらついたんじゃコトだぜ」

「そうさせねえのが、土手の八兵衛さんの仕事じゃねえか」

「そりゃあそうだが」

話しているうちに棲家に着き、布団や古着類を満載し柳原土手に戻ったのは、太陽がかなり昇った時分になっていた。すでにそぞろ歩きの人が出はじめている。売買の取り引きにはもう遅い時分だ。それでもさっき帰るとき、常連の買い取り手の兄弟たちに、急いで戻って来るからと声をかけていたので、どの店も受け入れてくれた。

市左がいつも古布団や古着を卸している商舗は、矢場の近くに集中していた。物が古着になると、市左の見立てても値の交渉もいっそう冴えてくる。さすがは実家が太物と古着の坂上屋だけのことはある。

矢場や近くの茶店もそろそろ開く時分だが、まだそこへ店の者は出て来ておらず、閑散としていた。その開いていない矢場のほうから、

「ほおう、鬼助どんじゃねえかい」

声をかけて来たのは、店頭の八郎兵衛だった。五十がらみで角顔に小さな金壺眼《かなつぼまなこ》が特徴的で、小柄だが雰囲気には押し出しの効くものが感じられる。面倒見がよく法

外な見ケ〆料を取ることもなく、なによりも縄張内《しまうち》で一切賭場《とば》を開帳しないのが、柳原土手は誰もが安心して歩ける街と評判を高めている。町の兄弟たちと同様、鬼助も八郎兵衛には好感を持っている。

代貸《だいがし》の甚八《じんぱち》もいた。それに若い衆が二人ついている。見まわりのようだ。

店頭一家の若い衆が縄張内を見まわるのは、一帯がにぎわいはじめる午《ひる》近くからである。そぞろ歩きの人が出はじめたとはいえ、まだ早すぎる。しかもそれは代貸の仕事で、店頭が直接出張って来るなど、異常である。やはり、八郎兵衛は昨今の事態に危機感を持っているようだ。

鬼助が八郎兵衛の声にふり向くと、代貸の甚八がぴょこりと頭を下げた。三十がらみで一家の代貸と呼ぶにふさわしい、精悍な男だ。

「いやあ、これは皆さんおそろいでこんなに早く。やはり……」

歩み寄り、途中で言葉を切った鬼助に八郎兵衛が、

「やはり、鬼助どんの耳にも入っているようだなあ。そのとおりさ」

苦笑しながら言った。

茶店が開いておれば、そこの縁台に座ってということになろうが、まだ開いていないし、矢場と同様これから開く気配もない。市左も歩み寄ってきて、いきおい雨戸の

閉まった矢場の前で立ち話になった。秘密の話をするわけでもないが、若い衆が八郎兵衛と鬼助に人を近づけない位置へ外向きに立った。

八郎兵衛は声をひそめた。

「単なる嫌がらせじゃねえ。どうもこの縄張を乗っ取ろうとしているようだ」

「えぇえ」

「そりゃあ、まっことで」

鬼助と市左は同時に返した。伊皿子台町とおなじで、強請と嫌がらせの小遣い稼ぎとくらいにしか考えていなかったのだ。それが縄張の乗っ取りとは……。それこそ抗争がつづき、客足がいまでも遠のきはじめているのにさらに来なくなり、市左が心配したように見倒した物をさばく場がなくなってしまうかもしれない。

八郎兵衛は言った。

「やってやがるやつらは分かってるんだ。夕雷《ゆうらい》の又五郎《またごろう》とかぬかす、ふざけた二つ名を名乗っている野郎で、最近、この神田界隈にながれて来た与太《よた》らしい。その子分で代貸格が多次郎《たじろう》とかぬかしやがったなあ」

視線を代貸の甚八に向けると、甚八は言葉を引き継ぐように、

「へえ、さようで。なんでも夕立と雷鳴のなかで人を斬ったことがあるってえのが売

りの無宿者で、そのとき多次郎ってのも一緒だったとか。配下に若いのを五、六人集め、夕雷一家などと名乗りを上げたにわか仕立ての一家のようで。どこを根城にしているか分からねえが、どうせいずれかの木賃宿にとぐろを巻いているのでやしょう」

「なるほど」

「そういうことですかい」

と、鬼助も市左も、こたびの騒ぎの概要《がいよう》をつかんだ。

無宿のながれ者が幾人か徒党を組み、いずれかに定住しようとすれば、縄張を持つ必要がある。それには店頭を張るのが一番だが、江戸のどこを見ても新たな土地《ところ》はない。となると、どこか既存の、いずれの大親分にも属していない弱小の店頭の縄張に目串《めぐし》を刺し、そこを乗っ取る以外にない。

土手の八兵衛の縄張は、名のとおり柳原の土手筋一本で、商舗の数は多いがいずれも小振りな掘っ立て小屋か莚《むしろ》一枚か風呂敷を広げただけの小粒ばかりで実入りは少ない。だから誰も手を出そうとせず、八郎兵衛の地位は安泰だったのだ。

そこへ夕雷の又五郎とやらが目串を刺したようだ。子分の数が五、六人といえば、いまの八郎兵衛配下の若い衆もそのくらいである。遊びの場といえば矢場だけで、危険な賭場など開かねばそれだけの人数で充分やっていけるのだ。

八郎兵衛は金壺眼でぱちぱちとまばたきをし、また低い声で言った。

「まったく迷惑で面倒なことになったが、そのうち鬼助どんの手を借りなきゃならねえことがあるかもしれねえ。そのときはよろしゅう頼むぜ」

「お願いしますさあ」

と、代貸の甚八もあとをつないだ。

鬼助が市左の棲家にころがり込んで、まだ日数も浅く、土手の兄弟たちも鬼助を知らないころだった。どこからまぎれ込んだか、与太が二人、矢場の裏手で野博打《のばくち》を開帳した。当然、八郎兵衛一家の者がやめさせようと駈けつけたが、与太二人は威嚇のつもりか脇差を抜いた。それを鬼助が瞬時に木刀で叩きのめしたことがあった。この早業と技量に八郎兵衛は舌を巻いたものである。

それ以来である。鬼助の名は柳原土手に知られ、八郎兵衛も甚八も一目《いちもく》置くというより、頼りに思うようになった。それがまた市左には、

「――へへん。俺の兄イさね」

と、自慢の種になっている。

その柳原土手が揺らごうとしている。というより、すでに揺らいでいる。

「できるだけ騒ぎを大きくしないため、しばらくこの矢場も閉めることにしたのだ」

八郎兵衛が金壺眼をしょほしょぼさせたのへ、

「くやしいが、この土手へ出て来てくださるお人らを不安がらせないためにも、仕方のねえことなんで」

甚八がまたつないだ。

きわめて自然に鬼助の口から出た。

「そうですかい。必要なときには、いつでも声をかけてくだせえ。木刀を持ってすぐ駈けつけまさあ」

「おっと、兄イ。そう来なくっちゃ」

と、かたわらで市左も腕まくりをした。


鬼助と市左がカラの大八車を牽いて伝馬町の棲家に戻ったのは、まだ太陽が中天にさしかかるまえだった。

がらんとなった物置部屋で、

「さあ。これでお島さんのいう、小柳町のひと家族分の物が入っても大丈夫だぜ」

「それが待ち遠しいなあ。俺たちの本業はそれだからなあ」

話しているところへ、

「いるかーっ」

玄関へ訪《おとな》いの声が入った。なんともきょうは忙しい。二人がそろって玄関口に出ると、土間に立っているのは歴とした武士、吉良邸の加瀬充之介だった。

「おっ、加瀬の旦那。どうぞお上がりくだせえ」

「いやいや、そうもしておれんのだ。遣《つか》いの途中に立ち寄ったのでな。実は……」

鬼助が言ったのへ加瀬は手をふって断り、土間に立ったまま話しはじめた。

「おまえたちのきのうの報告なあ、山吉新八郎どのに話すとさっそくご家老の左右田《そうだ》孫兵衛《まごべえ》さまが南町奉行所の与力と会う用事があり、その場で質《ただ》されたのじゃ。するとまったくそなたらの報告のとおりだったそうな」

「あたりめえでえ」

市左が玄関の板敷きに立ったまま返した。

「それでじゃ、ご家老も山吉どのも俺を褒めてくださってのう。もちろん、そなたらの話もした。すると、つぎに浪人を雇うときも、その二人に身辺調べをさせろと、それが俺に任された。つまりそなたらのおかげで、俺は吉良邸から信用されたということだ。なにもかもそなたらのおかげじゃ。まあ、それを早う伝えたくてな。これからもよろしゅう頼むぞ。それだけじゃ」

言うと加瀬はくるりときびすを返し、玄関を出た。見ると玄関の外に中間《ちゅうげん》を一人待たせている。実際になにかの遣いの途中のようだ。浪人から家士に取り立てられたばかりというのに、えらく出世したものである。中間を随えた加瀬の背は、すぐ玄関から見えなくなったが、うしろ姿からもその足取りの軽やかなことが看《み》て取れた。

まだ玄関の板敷きに立ったまま、

「おもしれえ。加勢の旦那には悪いが」

市左が弾んだ声で言った。市左は鬼助が浅野家臣団の存念のために動いていることを承知しており、自分もその一端につながっていることに喜びを感じている。

「まったくそのとおりだ」

鬼助が返したところへ、また玄関に人影が立った。ほんとうにきょうは忙しい日になりそうだ。立った影はなんと、顔を見知った室町《むろまち》一丁目の老舗《しにせ》の割烹《かっぽう》・磯幸《いそさち》の男《おとこ》衆《し》ではないか。

鬼助はどきりとした。その者が鬼助と市左の棲家の玄関口で、吉良家の家士と鉢合わせになるところだったのだ。あるいは、すぐ外ですれ違ったかもしれない。もっともそうであっても、双方は顔も知らず互いの事情も知らない。しかしこれには、

「ふーっ」

と、市左も大きく安堵の息をついた。

磯幸は瑤泉院《ようぜいいん》が浅野内匠頭《たくみのかみ》の内室であったころ、浅野家御用達《ごようたし》の割烹で、その縁で戸田局《とだのつぼね》付の奥女中であった奈美《なみ》が、いま仲居たちの行儀作法指南として入っている。そこの男衆が来たということは、奈美の言付《ことづ》けを持って来たに違いない。このほうにも、鬼助の心ノ臓は高鳴った。

「ああ、いらっしゃいましたか。よかった」

と、男衆は安堵したように、

「奈美さまの遣いで参りました」

と、口上を述べた。

「いますぐ、鬼助さんにお越しくださるように、と」

ほんとうに忙しい日になった。口上はそれだけで、男衆はそれ以外なにも聞かされていないようだ。ということは、

——浅野家にまつわる秘密の話
であることが推測される。

鬼助と市左は、とりあえず男衆を玄関に待たせたまま、奥の部屋に入った。

市左は自分が呼ばれていないことに一抹の寂しさを感じたが、浅野家にまつわるこ

とであれば、それも仕方のないことである。

その寂しさよりも、

「うひょー、兄イ。おりゃあ、ここがなにやらお江戸の中心になったように思えてきやしたぜ。これで柳原でなにかあれば、甚八の兄イもここへ飛び込んで来らあ。こうも気配に満ちた感触、伊皿子台町でくすぶってたんじゃとうてい味わえねえ。これもみんな兄イのおかげだぜ」

「そう思うてくれるかい。すまねえなあ、磯幸にゃ俺一人でよ」

「なあに、いいってことよ。俺はこれからちょいと小柳町に行って、お島さんの話、なにかうわさがこぼれていないか拾ってくらあ」

「おう、それはいい。期待してるぜ」

と、二人は話しながら、あらためて外出の身づくろいをした。といってもいまの職人姿のまま、股引《ももひき》の紐を締めなおし、腰切半纏の襟を正すだけである。

鬼助は浅野家にまつわることなら、と中間姿に着替えようかと思ったが、男衆を玄関口に待たせており、しかもいますぐにと急かしているようなので、職人姿でとおすことにした。

「おう、待たせたな」

と、木刀を三尺帯の腰の背に差し、玄関に出た。このあとすぐ市左も戸締りをし、小柳町に出かけるはずである。

まだ午《ひる》すこしまえだった。

六

急いだ。室町《むろまち》一丁目は神田の大通りで日本橋の北詰の一帯である。そこでも大通りに面し日本橋の喧騒が聞こえてくる土地《ところ》に暖簾を張っているのだから、磯幸はお江戸の一等地の割烹というほかない。それだけの格式があれば、仲居の立ち居振る舞いに元大名家奥女中の指南役も必要というものだろう。

磯幸のおもて玄関の手前で、

「へい、こちらで」

と、男衆は枝道に入った。

裏の勝手口からである。男衆が裏庭に駈け込むと入れ替わるように、

「よかったあ、いらっしゃって。わたくしも急なものですから、鬼助さんが伝馬町にいらっしゃるかどうか心配で」

と、奈美が安堵の表情で出て来た。若く目鼻のきりりと整った女性《にょしょう》である。矢羽模様の着物で武家の腰元姿なのが、料亭にあっては凛々《りり》しく感じられる。ほのかな匂い袋の香もする。

「奈美さん、どういうことですかい。突然に」

「はい。わたくしにも急なことで、驚いているのです。さあ、どうぞ」

と、案内されたのはおもて側のお座敷ではなく、裏手の奈美の部屋である。鬼助や赤穂の元藩士が談合で来たときには、いつもこの部屋が使われ、小谷同心も一度来たことがある。そのために磯幸では奈美にはただの女中部屋ではなく、お座敷にも早変わりする広い部屋があてられている。この部屋なら、中でなにを話そうが、となりの部屋に聞かれる心配がない。

部屋に入り、鬼助は驚いた。昼の膳を囲んでいたのは堀部弥兵衛に安兵衛、高田郡兵衛と松井仁太夫の不破数右衛門だった。きのう、両国米沢町の浪宅にそろっていた面々が、そのままそっくりいるではないか。すでに昼の膳が進んでいる。

「こ、これは」

と、畏《かしこ》まって端座する鬼助は弥兵衛から、

「おう、来たか、来たか。さあ、足をくずして、こっちへ加われ」

と、言われても、はいそうですかと膝を進められるものではない。

仲居がすぐに鬼助の膳を部屋に運んで来た。これも磯幸の女将《おかみ》の配慮《はからい》である。膳は不破数右衛門の横に置かれ、安兵衛と郡兵衛に向かい合い、弥兵衛が上座に座し、下座で弥兵衛と向かい合うように奈美の膳が置かれている。

鬼助はやむなく足を端座から胡坐《あぐら》に組み変えた。まわりが胡坐なのに自分だけ端座では、肩の位置も顔の位置もまわりより一段高くなるからだ。むろん奈美は端座で、それが奈美には自然の姿である。

鬼助は中間姿ではなく、職人姿で来たことにホッとした。中間姿では、武家のしきたりから、いかに数右衛門が百日髷《ひゃくにちまげ》の浪人姿とはいえ、歴とした武士の姿である弥兵衛らとおなじ部屋に座し、おなじ膳をつつくなどできたものではない。職人姿でも身分違いだが、となりの数右衛門が気さくな浪人姿なのが、いくらか鬼助に安らぎを与えていた。

弥兵衛はつづけた。

「きのうはわしらの切羽詰まった雰囲気に、おまえは怪訝な顔をしておった」

「はっ」

「実はな、切羽詰まっておったのだ。大石《おおいし》どのが、江戸に出ておいでじゃったのだ」

ないか。
「えええっ」
鬼助は絶句し、箸を持った手をとめた。大石といえば、城代家老の大石内蔵助《くらのすけ》では
これまで安兵衛や郡兵衛、数右衛門、それに内匠頭側用人《そばようにん》であった片岡源五右衛門《かたおかげんごえもん》
や礒貝十郎左衛門《いそがいじゅうろうざえもん》ら、江戸在住の者が早急に吉良邸へ打込もうと唱えていたのを、
老体の弥兵衛が懸命に抑えていた。それは両国米沢町の浪宅や本所三ツ目の道場の感
触から、鬼助も感じ取っていた。
そこへこたび上方《かみがた》から大石内蔵助が江戸へ下向《げこう》し、弥兵衛とともに急進派の説得に
奔走し、さらに幕閣の要路へ浅野家再興の働きかけをしたというのだ。赤坂南部坂《あかさかなんぶざか》の
三次《みよし》浅野家下屋敷に身を委《ゆだ》ねている瑤泉院を訪《おとな》い、それへの助力を懇願してもいた。
そのとき、内蔵助と瑤泉院の対面に同席したのは、堀部弥兵衛と戸田局だけだったと
いう。
「わたくしもきょう弥兵衛さまから聞かされるまで、まったく知りませんでした」
奈美が言葉を入れた。大石内蔵助の江戸下向そのものが極秘だったのだ。
だが、幕閣に浅野家再興の働きかけをすれば、それが吉良家にも伝わるのは火を見
るより明らかだ。

──大石内蔵助の思惑はそこにある
『上野介《こうずけのすけ》は、浅野家旧臣どもの狙いはお家再興にあると解釈し、安堵とともに油断するのではないか』

などと内蔵助は決して口にはしない。弥兵衛もそれを安兵衛らの前で舌頭《ぜっとう》に乗せることはなかった。だから安兵衛らには不満が残っていたのだ。

だが、数右衛門が横に座っている鬼助に顔を向け、

「わしはきょう、泉岳寺の殿の墓前で大石どのから赤穂藩への帰参を許されてのう、これでわしも晴れて赤穂藩士に返り咲いたわい」

弾んだ声で言った。

きょう朝早く、いま磯幸に腰を落ち着けている面々と、上方から下向《げこう》した大石一行がそろって泉岳寺の浅野内匠頭の墓参りをし、そこで大石内蔵助が内匠頭に代わって不破数右衛門の帰参を許すと宣言したというのだ。

泉岳寺からの帰り、鬼助にもそれを知らせてやろうということになり、帰り道になる街道筋の磯幸に寄って、奈美に至急鬼助につなぎを取るよう命じたのだった。

浅野家改易前から浪人であったとはいえ、急進派の一人である不破数右衛門の帰参を許す……。それだけでも、大石内蔵助の存念がどこにあるか分かろうというもので

ある。きょうの昼餉《ひるげ》の膳は、そのお祝いを兼ねているのかもしれない。

「もう一つ、おまえをここに呼んだ理由《わけ》があるぞ」

弥兵衛があらためて言った。

「はっ。なんでありましょう」

鬼助の心ノ臓は高鳴っている。

「大石どのに、吉良家が浪人を多数雇い入れようとしていることを話すと、深刻な表情をしなさってのう。吉良邸でこのようすをつかむのに、おまえのことを話すと、ありがたいことだ、自身の身も充分に気をつけるようにとのことじゃった」

「ははーっ」

鬼助は胡坐のまま飛び下がり、両のこぶしを畳についた。会ったこともない大石内蔵助から、お言葉を賜《たまわ》ったのだ。

鬼助の心ノ臓はさらに高鳴り、しばらくは収まらなかった。

奈美も、そのような鬼助を、真剣なまなざしで凝《じ》っと見つめていた。

「これこれ、そう固くならずともよい。自身の身も気をつけよとは、わしらもそう思うておるのだ。まっこと、気をつけてな」

弥兵衛が言ったのへ、鬼助は顔を上げ、

「実はきょうも、吉良家の加瀬充之介さまが伝馬町のわが棲家へお越しになり」

と、さっそくそのときの話を披露した。きょうあすにも、それを浪宅へ話しに行こうと思っていたのだ。ちょうどよい機会である。

「ほおー」

「それは重畳《ちょうじょう》」

安兵衛と郡兵衛が声を上げ、数右衛門が、

「ならば、わしをその用心棒に推挙してもらおうかのう。ほれ、帰参がかのうても、また浪人じゃからのう」

と、頭の百日髷を手でなでたのへ、

「よせよせ。おまえのように血の気の多い者が吉良邸のお長屋に入ってみろ。その日のうちに身許がばれてしまうわ」

安兵衛が返し、

「もっともじゃ」

弥兵衛がつなぎ、座になごやかな雰囲気が戻った。

その雰囲気のなかに鬼助は、

「で、大石さまはいずれに」

訊いてはならぬことを、つい訊いてしまった。一瞬、部屋に緊張が戻ったが奈美がすかさず、

「けさ早く皆さま方と泉岳寺に墓参され、その足で上方《かみがた》へ向かわれたそうな」

弥兵衛がうなずき、座はふたたびやわらいだ。大石の江戸下向という一陣の風が吹き、そこに江戸在住の急進派たちは、内蔵助の存念を垣間《かいま》見ることができたのだ。

元禄十四年（一七〇二）霜月《しもつき》（十一月）なかばのことである。

帰り、奈美は裏の勝手口で鬼助を見送り、

「ほんとうに、気をつけてくださいね」

言っていた。鬼助が密偵を任じていることに対してである。

鬼助はこくりとうなずいたものである。大石内蔵助の言葉と同様、鬼助には有難い奈美の心遣いである。

七

鬼助がきのうからの疑念を払拭《ふっしょく》し、新たな緊張を胸に秘めていたころ、市左は思わぬ事態にぶつかっていた。

磯幸の男衆と玄関を出た鬼助の背を見送ると、市左も縁側の雨戸を閉め、すぐに出かけた。

お島から聞いた小柳町は、神田の大通りを北へ進んだ、筋違御門の火除地広場の手前の町場である。火除地広場に直接面しているのが須田町《すだちょう》で、その手前が小柳町ということになる。伝馬町の棲家から柳原土手に行くのよりすこし近い。

(だったらさっき、土手から帰《けえ》るときに寄ってりゃあよかったぜ)

などと思いながら小柳町に入った。表店《おもてだな》は八百屋《やおや》や魚屋、炭屋などの小さな商舗がならび、裏店《うらだな》が四畳半か六畳ひと間の寝るだけの長屋になっている。

小柳町の指物師で〝嘉吉〟とまではお島から聞いたが、住まいまでは聞いていない。職人なら裏店だろうと見当をつけ、さてどこの路地からのぞこうかと枝道をゆっくりと歩いていた。

近くでその家族の評判を聞けば、夜逃げをするにしても理由の善悪がおよそ分かるものである。なかには端《はな》から踏み倒すつもりで借金を重ね、それで見倒屋を呼んでさっと姿をくらます輩《やから》もいる。そういうときはまるで詐欺《さぎ》の手伝いをさせられたようで、後味の悪さが残る。その類《たぐい》と判断したときには、値を徹底的に見倒し、やむなく夜逃げをする者には温情のある値をつける。ひと口に見倒屋といっても、相手によって対処の仕方が異なるのだ。

さあて嘉吉なる指物師はどっち、と近くの路地から出て来た女に声をかけようとすると、

「あら、市さんじゃないの」

逆にうしろから声をかけられた。

お島だ。小間物の商売道具をつめた行李を背に、行商の最中だ。

「おう、お島さん。ちょうどよかった。いまから近所でうわさを拾おうとしていたところさ。ほれ、あんたから聞いた指物師さ」

「あら、あたしゃこれからそこへ行って、詳しい事情を訊くつもりだったのさ。だったら一緒においでな。ほら、そこさね。ふふ、市さん。あんたが出張って来ても、取り持つのはあたしなんだから、割前、忘れないでよ」

と、お島が手で示したのは、いま市左が声をかけようとしていた路地だった。

「おう、そんなの懸念にゃ及ばねえぜ。さあ、行こう」

市左はお島をうながした。

路地に入ると、六畳ひと間の五軒長屋だった。

嘉吉の女房がいた。痩せぎみで夜逃げまで考えなければならない事態のせいか、や

つれているのがひと目で分かる。部屋の中には長持があり、その上に衣類が積まれ、若い娘のものもある。狭い部屋だがけっこう物はありそうだ。

お島がすでに見倒屋の話をしていたのか、嘉吉の女房は戸惑うことなく市左を迎え入れた。

すり切れ畳に市左とお島は腰をかけ、嘉吉の女房はそれと向かい合うように端座の姿勢をとった。

「さあ、おタエさん。あたしもまだ詳しい話は聞いていないし、この見倒屋さんに話してごらんな。この人はねえ、お助け屋さんともいって、場合によっちゃ力になってくれるからさあ」

嘉吉とやらの女房は、おタエというようだ。おタエはお島のとりなしもあって、話しはじめた。なかば、愚痴《ぐち》だった。

亭主の嘉吉は腕のいい指物職人で、ユイという今年十六歳になる娘が一人いて、須田町の火除地広場に面した茶店に茶汲み女の奉公に出ているらしい。一家の生活に、贅沢さえしなければゆとりはあった。

ところがよくある話で、嘉吉は博打《ばくち》を覚えた。それがまた半年足らずで二十両もの借金をこしらえてしまい、いま市左とお島が腰を下ろしている部屋で夫婦喧嘩が絶え間なくなった。市左が聞き込みを入れていたなら、まっさきにそれを耳にしたことであろう。

しかも賭場《とば》の胴元から、耳をそろえて返済しろと迫られているという。二十両といえば、嘉吉の一年分の総稼ぎに相当する。逆立ちしても一度で払える額ではない。おタエが夜逃げをしたい、とお島にちらと洩らしたのはそのようなときだった。

そこへ、須田町では大振りな料理屋・辰巳屋《たつみや》のあるじで辰三《たつぞう》というのが、小柳町へおタエを訪ねて来て、

「――二十両の借金、わたしが肩代わりしましょうか」

と、申し入れたというのだ。

みょうだ。おタエは辰巳屋の辰三が二十両を貸してくれるのかと思い、それで夜逃げの話は小康《しょうこう》状態となった。お島が伝馬町で鬼助と市左に話したとき、それほど切羽詰まったようすでもなかったのは、そのためだったのかもしれない。だが、話がうますぎる。

須田町の辰巳屋なら、上がったことはないが市左も知っている。火除地に面して暖簾を出しており、一応大振りな店で、奥にはお座敷もあるのだが、もぐりの出会茶屋を兼ねているとの、もっぱらのうわさなのだ。つまり、座敷を男女の密会に貸してい

る……。

さらに聞くと、賭場はその辰巳屋の奥の部屋で、やくざ者の胴元に辰巳屋が部屋を貸し、そこで丁半が開帳されているというのだ。辰三は部屋をバクチ打ちに貸し、場所代として上がりの何割かを得ていることになる。だからお夕エは、辰巳屋の辰三がそこで二十両もの借金をしてしまった嘉吉を、

「憐れに思ったか可哀相に感じたかで、それで二十両貸してあげましょうと申し出てくれた……と」

解釈したというのである。

お島もそれは初耳で、

「そんなことが」

と、恐ろしい話でも聞くような表情になった。

市左も真剣な顔になり、念のために訊いた。

「おかみさん、ご亭主の嘉吉さんから、賭場が須田町の辰巳屋の部屋だってことまで聞きなすったのなら、ついでに胴元の名はお聞きじゃありやせんかい」

「はい。嘉吉はすっかり萎《しお》れてしまい、なにもかもあたしに話したのです。胴元はなんでも奇妙な名で、夕雷の又五郎とかいっておりました」

「なんだって！」

市左は上体をお夕エのほうへかたむけた。夕雷の又五郎、きょう朝のうちに土手の八兵衛が言っていた名ではないか。夜逃げではすまないような、なにかが背後にうごめいているのを市左は直感した。

「ま、待ってくれ。あした朝早くに、俺の信頼できる仲間ともう一度ここへ来らあ」

鬼助のことだ。

「そのとき、嘉吉さんもここで俺たちを待つようにしてくれ。おかみさん、こりゃあ単なる博打の貸し借りだけじゃねえかもしれねえ。ともかく、あしたまた来させてもらうから、嘉吉さんからもじっくり話を聞きてえ」

市左の切羽詰まったようすに、お夕エは困惑したようにお島の顔を見た。お島は応じた。

「このお助け屋さん、お仲間がもう一人いなさって、信頼できる人たちさね。そうしなさいな。夜逃げをするにしたって、それからでも遅くはないでしょうに」

「は、はい」

困惑した表情のまま、お夕エはうなずいた。

「きっとでござんすよ」

念を押しながら市左は腰を上げた。寸刻でも早く、鬼助にこの話をしたかった。すでに関わったにもひとしい柳原土手の難儀といま聞いた話が、おなじ根のものであることはもう間違いないのだ。

市左が裏店のすり切れ畳から腰を上げたのは、鬼助が磯幸の裏庭で奈美から〝気をつけて〟と、有難い言葉をかけられている時分だった。

伝馬町の棲家に戻るのは、二人おなじころになるだろう。たちまち部屋に緊張の糸が張られるはずである。

博打はご法度《はっと》であり、おもてになれば小谷同心が捕方を引き連れ踏み込むことになるだろう。どう処理するにしても慎重に進めねば、嘉吉まで茅場町の大番屋に引かれることになる。夜逃げどころではない。そればかりか嘉吉の一件が、柳原土手に大騒動をもたらすきっかけになるかもしれないのだ。そうなれば、柳原土手の浮沈と同時に、鬼助たちの見倒屋稼業にも障《さわ》りが出てくる。

三　狒《ひ》狒《ひ》おやじ

一

はたして伝馬町の棲家は、緊張に包まれた。

市左の話に鬼助は、

「そりゃあ夕雷の又五郎というふざけた二つ名の野郎、とんでもねえやつだ。そんなやつが柳原土手で八郎兵衛の親分にとって代わってみろや。あそこはえれえことになっちまうぞ」

「そうよ。これはもう指物師の嘉吉とやらの家族の、夜逃げだけの問題じゃねえと思ってよ」

「おっ、市どんもそこまで思ったかい」

「あたりめえよ。だからおりゃあ、いつも言ってまさあ。見倒屋はお助け屋でもあるんだって」

市左は胸を張って返した。

こたびはそのお助けの範囲が、とてつもなく広がりそうだ。

翌朝、お島がいつもより早めに、行李を背に路地を出かかり、

「あら、夜明けごろ雨戸が開いていたのに閉まっている。もう出かけたのかしら」

つぶやいた。

このとき鬼助と市左の姿は、すでに小柳町にあった。

「兄イ、その先の路地を入ったところですぜ」

と、市左が鬼助に嘉吉の家族が住む長屋のほうを手で示したのは、伝馬町の棲家の奥の長屋でもお島たちが井戸水を汲み、朝の支度をしている時分だった。お島はこのときに、市左たちの棲家の雨戸が開いているのを見たのだろう。

ここまで来る途中も、あちこちの長屋の路地に朝の煙が立っているのを見た。こんな朝早く、とても他人《ひと》の家を訪ねる時間ではない。その時分にわざわざ鬼助と市左が嘉吉の長屋に行くのは、当人が確実にいて、しかも仕事へ出るのに障《さわ》りがないようにとの配慮からである。だからきのう市左は、嘉吉の女房のお夕エに〝朝早くに〟と言

い、〝嘉吉さんも俺たちを待つように〟と言ったのだ。嘉吉とおタエはそのつもりで、いつもより早く朝の用事をすませ、市左たちを待っているはずである。ともかくこの家族はいま、藁《わら》をもつかみたい気持ちでいるはずなのだ。

歩を進めた。

が、すぐに、

「なんだ、ありゃあ」

鬼助がつぶやき、市左と顔を見合わせた。

路地から男のわめくような声が聞こえてきたのだ。

それも、いま二人が向かおうとしている路地だ。

「こんな朝早くから、もう夫婦喧嘩かい」

市左が言ったとき、近くの住人であろう、前垂れ姿の女が下駄の音もけたたましく二人を追い越し、路地へ駈け込んだ。まだ太陽が昇ったばかりの時分である。

なにを言っているのか聞き取れないが、なおもわめき声は聞こえてくる。

「どうやら俺たち、悪いときに来たようだなあ」

「そのようで」

鬼助が言ったのへ市左は相槌を入れ、その路地へ近づいた。二人はまだ嘉吉とおタエの夫婦喧嘩だと思い込んでいる。ゆっくりとした足取りだ。

男の声……聞き取れた。

「やい、嘉吉。いるんだろ。出て来やがれ」

……と。

「え？」

鬼助と市左はまた顔を見合わせた。

夫婦喧嘩ではない。

うなずきを交わし、走った。

路地に駈け込んだ。

すでに人だかりができている。

多くは長屋の住人たちだろう、まさに嘉吉の部屋の前だ。横で七厘《しちりん》に載せた魚が煙を上げ、なかには箸と茶碗を手に出てきている男もおり、しゃもじを握っている女もおれば、井戸端で顔を洗ったばかりか濡れ手拭《てぬぐい》を肩にかけている男もいる。うしろから囲みのなかをのぞき込もうとしているのは、さきほど鬼助たちを追い越して行った女だ。

――ガシャ

腰高障子を蹴る音だ。

「やいやい、嘉吉。丁半で負けがこんだからってこのまま逃げようったって、そうはさせねえぞ。さあ、二十両。耳をそろえて払いやがれ！」

男は一人だ。

鬼助は木刀を腰の背に差して来ている。

「兄イ」

「待て」

市左がうながし、みずから踏み出ようとしたのを、鬼助はとめた。

二人は路地に入っているものの、人垣のうしろのほうにいる。

嘉吉の部屋の腰高障子は、固く閉ざされている。中から心張棒《しんばりぼう》をかけているのだろう。物音もなく、静まり返っている。

住人たちは、こわごわとそこを取り巻いているのだ。

「やい、この時刻、いるのは分かっているんだぞ。顔を出しやがれ」

――ガシャ
そのなかからわめき声は聞こえ、また腰高障子を蹴ったようだ。

「兄イ、見ちゃおられねえぜ。相手は一人だ。たたんじまうのなど、わけねえじゃねえか」

市左はきのう直接お夕エと話をしているせいか、心配もひとしおである。

だが、鬼助は落ち着いた口調で言った。

「いや。きのう、女房のお夕エさんもお島さんも、取立て屋が長屋まで来ているとは言ってなかったろう」

「ああ、そういやあそうだが」

「ということは、野郎が来たのはきょうが初めてということじゃねえか」

「そ、そうなるが、それがどうしたい」

市左は気が気でない。

男はなおも叫んでいる。

「やい、貸した金はちゃんと返せ！　この泥棒野郎！」

新たな野次馬だ。近所の者が路地に入って来て鬼助たちの横をすり抜け、部屋の前の人垣はさらに増える。

そのなかに、鬼助の口調は落ち着いていた。

「ということはだ、やつらが動き出したってことだ」

「そ、そうに決まっているじゃねえか。いまもそこで」

「だからよ、どう動くか見極めるのよ。そこにやつらの意図が見えてくるかもしれねえ。それから対処の仕方を考えようじゃねえか。柳原じゃ、伊皿子台町のように単なる因縁をつけて小遣いを脅し取ろうってのじゃなく、縄張乗っ取りの前触れだったみてえによ、博打の取立ても、それだけじゃねえかもしれねえ」

言っているあいだにも二人の横を幾人かが、

「どうした、どうした」

「いったい、なんなのよ。朝っぱらから」

と、すり抜け、人垣に加わっていた。

「そうかもしれねえが、いまそこで。兄イよう」

市左は頼み込むような口調になった。

「ふふふ、市どんよ。あの野郎をここで叩きのめして追い返しても、あの家族を助《す》けたことにはならねえぜ」

「そりゃあそうだがよ」

言っているところへ、また聞こえた。

「やい、嘉吉。きょうはこのくらいにしておいてやらあ。また来るからなあ」

さんざんにわめき、腰高障子を蹴り、ようやく引き揚げるようだ。

「なんでえ、なんでえ、おめえら。見世物じゃねえぞ」

ありふれた怒声に、人垣が一歩、二歩後退し、道が開いた。

男は肩をいからせ、着物のすそをつまんで悠然と腰高障子を離れ、

「へん、そんなとこへ突っ立ってんじゃねえや」

一歩あとずさりをした鬼助と市左の前を、ふり向きもせずおもての通りへ出ていった。二十歳前後か、まだ若くいかにも遊び人といったようすで、腰には脇差を帯びていた。

「くそーっ」

「よせ」

一歩踏み出た市左の袖を鬼助は引いた。

鬼助と市左が物《ぶつ》の卸しだけでなく、頻繁に柳原へ行っていたなら、この男が土手の〝兄弟〟たちに言いがかりをつけ、代貸の甚八をはじめ八兵衛一家の若い衆としきりに諍《いさか》いを起こしている与太の一人であることに気づいたであろう。

嘉吉の部屋の前では、

「嘉吉どん、もう大丈夫だ。帰ったようだよ」

「おタエさん。どうしたのよう、この騒ぎは」

長屋の住人たちであろう、まだ開かない腰高障子に声をかけていた。

人垣はすでにくずれたが、近所の者もまじって、

「ここの指物師、博打ですごい借金をかかえこんでしまったんだって」

「どおりで、夫婦喧嘩が絶えなかったはずだよ」

「ばかだねえ。これじゃまったく人騒がせだよ。朝っぱらから」

ひそひそ声で立ち話をしている。これでは嘉吉も腰高障子を開けられないだろう。おなじ長屋の者にはむろん、近所の住人にも顔向けができないのだ。

鬼助と市左は路地の出入り口のところに立っている。

「兄イ、どうするよ」

「さあ、これからだ。ちょいとのぞいてみよう」

動こうとしたところへ、

「えっ、鬼助さんと市さん。こんなところに立っていて、まだお夕エさんとこ、行ってなかったの？　それに、これ、いったい……」

背後から声をかけたのはお島だった。百軒長屋を出て、やはり心配なのかどこへも寄らず小柳町に直行したようだ。そこで二人が外に立っているのを見かけて声をかけたのだが、路地にまだ残る異様な雰囲気に、商売道具の行李を背負ったまま怪訝な表

情になった。

「ああ、お島さん。いいところへ来た。実はなあ……」

と、市左がさっきまでのようすを話した。

「えぇえ！　取立て屋!?」

お島は事態の急変に絶句した。

二

「ともかく見舞わなくっちゃ」

と、あとから来たお島にうながされ、三人は指物師・嘉吉の腰高障子に向かった。

路地にはまだ長屋の住人たちが立っている。お島はこの長屋にも行商ですっかり顔なじみか、

「あ、お島さん。こんなに早く。それにいま来たって間《ま》が悪いよ」

「はい、聞きましたよ。性質《たち》の悪い取立て屋が来ていたんだって？　だったらいっそう、慰めるかなんかしてあげなくっちゃ。商売抜きでさあ」

長屋のおかみさんらしい小太りの女に声をかけられ、お島は返した。うしろに職人

姿の鬼助と市左がつづいている。

「まったく、お島さんらしいねえ。あっ、その職人さん。きのうも来ていた」

長屋のおかみさんがつづけて言ったのへ、

「そうよ、嘉吉どんが心配でよう。困っているんなら力になってやらなきゃなあ」

「そういうことさ」

市左が応え、鬼助がつないだ。

職人姿は動きやすいだけでなく、こういうときにも便利だ。声をかけてきたおかみさんも、まだ路地に立っている住人たちも、鬼助と市左を、嘉吉の仕事仲間の指物師と思い込んだことだろう。夜逃げで大八車を路地に入れたときには、となり近所の住人の合力《ごうりき》が必要となる場合もあるのだ。お仲間として顔見知りになっていたなら、それだけ合力が得やすくなる。

腰高障子のすき間からお島が、

「お夕エさん、あたし、小間物のお島。大変だったみたいですねえ。きのうの人と一緒です。開けてくださいな」

声を入れた。

部屋の中に、人の動く気配があった。

「お島さん」

と、腰高障子が動き、のぞいた顔はお夕エだった。恐怖に引きつり、明らかにきのうよりもさらにやつれて見えた。

「約束どおり、朝早くに来やしたぜ」

と、市左は鬼助をうながし、土間に入ってうしろ手で腰高障子を閉めた。

壁に身を寄せるように座っているのが嘉吉であろう。蒼ざめ、顔を引きつらせている。本来なら気のいい職人であろう。それがいっそう憐れに見える。もう一人、若い娘。やはり蒼ざめ、肩をすぼめている。火除地に面した常店の茶店に出ている娘のユイだ。いまは表情を強張《こわば》らせているが、普段ならこの娘を目当ての常連客もけっこういるのではないかと思われる目鼻立ちだ。

「さあさあ、きのうも言ったでしょう。この二人ねえ、人助けの見倒屋さんで、頼りになりますから。なんですねえ、そんなにしゃちほこばっていたんじゃ、話もできないじゃないですか」

お島は部屋の緊張をほぐすように言い、鬼助と市左もすり切れ畳に腰かけるだけでなく、上がって胡坐《あぐら》を組んだ。

「こんなこと、きょう初めてで、それも突然でした」

おタエが、まだ恐怖の冷めやらぬ口調で言い、嘉吉が、

「なにもかも、あっしが悪いので」

歯切れは悪いが、ともかく話しはじめた。

取立て屋が来たのは、やはりきょうが初めてで、嘉吉が博打で二十両の借金をつくったのも、夕雷の又五郎に場所を貸している辰巳屋の辰三が、それを肩代わりしようと申し出たのも事実だった。以前、嘉吉は辰巳屋の家具類を手がけたことがあり、あるじの辰三とは顔見知りだったという。

だとしても、

「うーん」

鬼助はうなった。

辰巳屋の申し出には、なにか思惑が……。

柳原土手も両国広小路も、日暮れとともに屋台も大道芸人も店仕舞いをし、にぎわっていた人の波も潮が引くようにいなくなる。日暮れてから外で火を扱うのはご法度《はっと》になっているからだ。町角で夜も出ているそば屋や甘酒屋の屋台は、お目こぼしなのだ。火除地広場などのように数の出ている土地《ところ》ではかえってお目こぼしはなく、厳格に法度が守られていることになる。

広場では常店の茶店も、人通りが絶えれば入る客はいなくなり、暖簾を下げる。だからユイはいつも、日の入りとともに小柳町に帰ってくる。

だが居酒屋や料理屋は、日暮れても客が入っている。筋違御門の火除地広場の周辺で日暮れてからも灯りが点《つ》いているのは、これらの商舗である。そのなかで辰巳屋は大振りな一軒なのだ。そこで辰巳屋はもぐりの出会い茶屋をやったり、博徒《ばくと》に部屋を貸し、賭場《とば》を開かせているのだ。

(そのような男が)

他人《ひと》への同情心や親切心があるとは考えにくい。

それに、取立て屋の口上にも、鬼助は引っかかるものを感じていた。

「——きょうはこのくらいにしておいてやらあ。また来るから」

と、男は言っていたのだ。

実際、そのつもりだろう。

それに、こうも早朝という時刻だ。出商《であきな》いや出職《でじょく》の者もまだ仕事に出かけておらず、長屋の住人すべてがそろっている時分を狙って来た……。二十両の取立てが目的ではなく、嘉吉の家族を追いつめ、にっちもさっちも行かなくさせるのが目的なのではないか……。

ならば、それはなんのため。それに、なぜ嘉吉が？

疑念はまだある。

辰巳屋の辰三と夕雷の又五郎との間柄は、単に賭場に使う部屋の貸し借りだけのものなのか、又五郎が柳原土手を乗っ取ろうとしているのと関連はないのか……。場所も火除地広場に面した須田町と柳原土手では、たがいにつながったすぐとなりではないか。

まだ緊張と恐怖を顔面に刷《は》いている嘉吉、おタエ、ユイの家族に代わり、

「乗りかかった船さね。なんとか助けてやっておくれな」

お島が鬼助と市左を交互に見つめた。

市左は鬼助と顔を見合わせ、

「嘉吉どん」

と、嘉吉に視線を移した。市左は伊皿子台町の坂上屋を出たあと、しばらく深川で無頼の群れに身を投じていた。ならば当然、賭場のやり口などは熟知している。

「なんで博打などに手を出しなさったね」

「へえ、辰巳屋の辰三旦那に誘われ、最初は百文、二百文と、ほんの手持ちの小遣い銭程度を賭け、それがおもしろいように、二倍、三倍になり……」

肩を落とし、消え入るような声で嘉吉は口を開いた。

そこを聞けば、もうさきは聞かずとも分かる。

誘った相手に、最初は小口でほんの手慰みの軽い気持ちで張らせ、かならず勝たせる。一文銭の束ねが一朱金や一分金の小粒になって返ってくる。

職人のふところに入っているのは、屋台や場末《ばすえ》の飲み屋で使う一文銭か四文銭《しもんせん》ばかりである。それが黄金色の一朱金や一分金が巾着《きんちゃく》の中でいい音を立てはじめるのだ。ちなみに二百五十文が一朱で、四朱が一分である。そうした黄金色の小粒を持ち歩けるのは、羽振りのいい大店《おおだな》のあるじか若旦那くらいである。

ほんの短期間で労せずして巾着の中はその仲間入りをするのだから、もう有頂天《うちょうてん》となる。丁半に張る額も増え、それでも負けよりも勝ちが断然多く、巾着の中に場違いな一両小判が入りはじめる。ちなみに四分が一両である。

「へえ、一両小判など、見たことはありやすが手に取ったのは初めてでやした。それが自分のものとは！」

これを語ったとき、嘉吉の声はいささか弾んだ。ひと晩で職人の一月《ひとつき》分にも二月《ふたつき》分の稼ぎにも匹敵する金子《きんす》で、巾着が膨らむのである。

女房のおタエと娘のユイが、それを語る嘉吉を冷ややかな目で見ている。

ところがある日、突然、負けが込みはじめる。

取り戻そうと一両、二両と張り、

「――ここでやめたら、いままでの儲けがふいになりやすぜ」

と、胴元に声をかけられる。そのとおりである。

「――取り返しなせえ。いくらかならまわしてもよござんすぜ」

言われ、嘉吉は乗る。もう必死の思いだ。あとには退けない。それが五両になり、十両になり、

「気がついたら、二十両……に」

「ばかだよう、おめえさんは」

「はい。ばかなんです、お父《とっ》つぁんは」

市左がため息をつくように言ったのへ、娘のユイがなじる口調でつづけた。女房のタエも、これまでおなじ言葉をもう幾度浴びせたことだろうか。嘉吉に、返す言葉はない。ただ肩をすぼめ、うなだれている。

しかし、嘉吉は家族の前で、すべてを話している。さっき取立て屋がおもてで騒いでいたときも、家族三人は肩を寄せ合い、凝《じ》っと息をひそめていたことであろう。その姿を想像すると、

（この家族、固いきずなで結ばれている）

鬼助には思えてきた。

同時に、ぼそぼそと語った嘉吉の話に、当初からの疑念をいっそう強めていた。嘉吉に二十両まで用立てたのは、なぜ辰巳屋の辰三ではなく胴元の夕雷の又五郎で、その肩代りを辰三が申し出るなど、ややこしい手順を踏んでいるのか。それに、又五郎がどうしてきょういきなり若い者を取立てに寄越したのか。それも、いかにも嘉吉を窮地に追い込むようなやり方だったではないか。

「よし、分かった」

鬼助は言うと市左に視線を向け、

「市どん、夜逃げは今夜あたりでどうだろう」

「おっ、兄イ。俺もそれを思っていたところだ。きょう取立て屋の来ることが分かっていたら、きのうのうちでもよかったんだぜ」

二人のやりとりに驚いたのは嘉吉たち家族である。

「えっ、きょう!?」

「そんな！」

女房のおタエと娘のユイが同時に声を上げ、嘉吉も、

「ちょ、ちょっと待ってくだせえ」

ひと膝まえにすり出た。

無理もない。この家族に〝夜逃げ〟の文字は念頭にあっても、まだ具体的に考えたことはないのだ。それにきょう決めてきょうでは、仕事関係やとなり近所に義理を欠くことにもなる。

「今夜！」

と、お島も驚いている。

しかし鬼助は言った。

「きょう来た取立て屋、また来ると言っていたじゃねえかい。きっと来ますぜ。それも朝、昼、晩と。ここだけじゃねえ。嘉吉どんの仕事先、おユイ坊の奉公先と。どっちにしろ、まともに働けなくなりまさあ」

「ええぇ！　そんなあ」

ユイがまた声を上げた。奉公先にまで父親の借金の、しかも博打による借財を取立てに来られたのでは、うわさはたちまち須田町、小柳町に広まり、おユイはもう嫁にさえ行けなくなるかもしれない。嘉吉も仕事仲間から迷惑がられ、それが博打がらみとあっては親方から放逐されるかもしれない。

けさのうわさはすでに、長屋の外に広まっているはずである。これが二度、三度とつづけば、もう一家三人はこの町に住めなくなる。

それらを考えれば、すこしくらいまわりに義理を欠いても、

(今夜)

決行するのが、家族が生きていくため、唯一の策かもしれない。

さきほどの、取立て屋にわめき散らされ腰高障子を蹴られていた時間を思えば、まさに地獄だった。嘉吉もお夕エも、その気になりはじめた。

だが、

「お父つぁん、おっ母さん。逃げるったって、どこへ……」

「うっ、それは」

ユイに訊かれ、嘉吉は返答につまった。突然のことに、家族がそろって身を寄せられるアテはない。お夕エも困惑の表情になった。

「どうだろう」

と、鬼助が市左とお島に視線を向けた。

市左はすぐに解した。

「そりゃあ、まあ、このさいだ。一日、二日なら」

市左が言えば、お島もここまで来た以上、応じざるを得ない。

家財だけでなく、人間も預かろうというのだ。お島は女やもめだし、そこへ今夜はおタエとユイがころがり込み、嘉吉は鬼助と市左の部屋で雑魚寝《ざこね》ということになるだろう。

見倒屋がお助け屋だといっても、そこまで面倒をみるのは異例だ。

切羽詰まった夜逃げとは、見倒屋に家財を売りとばした代金をふところに、いずれかの木賃宿にころがり込み、窮地を脱してから身のふり方を考えるものだ。もちろんその後の行方は、見倒屋のあずかり知らぬところである。アテがあれば、端《はな》から夜逃げなどしないだろう。

こたびの夜逃げは、端から異例だ。市左は一日か二日と言い、お島は仕方がないといった顔つきだったが、鬼助にはこの家族をしばらく身近に置き、辰巳屋の辰三と夕雷の又五郎の出方を見てみたいとの思惑がある。そうすれば、背景にあるものが見えてくるかもしれないのだ。

「え、そこまで！」

嘉吉は鬼助の手を取っておしいただき、おタエは、

「お島さん、ほんとうに、ほんとうに申しわけ……」

感極まったようにお島の手を取った。

外では陽がかなり高くなり、嘉吉やユイが仕事に出る時刻はとっくに過ぎている。

「あの野郎、また来るかもしれねえ。おタエ一人にしておくわけにはいかねえ。ちょいと親方のところへ行って、きょうは休ませてもらうと言ってくらあ」

「わたし、仕事に出ます。きょうが最後ですもの」

「すまねえ、ユイ」

嘉吉は娘のユイに手を合わせた。

嘉吉の親方は神田御門外で、小柳町からそう遠くない。嘉吉は通いの職人で、毎日そこへ出向いている。

鬼助たちも腰を上げた。

「心苦しいだろうが、今夜、夜逃げするなど、おくびにも出すんじゃござんせんぜ」

市左が強い口調で言ったのへ、嘉吉とユイは無言でうなずいていた。

「おユイ坊が奉公から帰って来てひと息ついたころ、俺たちゃ大八車を牽いて来らあ。それまでに、荷をまとめておきなせえ」

市左が、夜逃げよりも引っ越しのように言い、

「それまでになにか火急のことがありゃ、ここから遠くはねえ、知らせてくんな」

と、百軒長屋の所在を話すと、お島とおなじ場所でもあり、お夕エも嘉吉もおよそは知っていた。

鬼助たち三人は腰高障子を開け、外に出た。

路地に長屋の住人であろう、おかみさん風の女が二人、心配そうに腰高障子を見つめていた。一人が声をかけてきた。

「あ、お島さん。ちょいと買いたいものがあるから、寄っていっておくれな」

「はい、これはまたありがとうございます」

お島は愛想よく返したが、おかみさん風二人の素振りから、ほんとうに買い物かどうか、目的は分かっている。顔なじみの行商のお島から、いま屋内でどんな話をしていたのか聞きたいのであろう。またもう一人の女が、腰高障子を開けて顔をのぞかせた。長屋の住人ならずとも、誰でも知りたいところである。

鬼助と市左は、お島と目を合わせた。

お島は無言でうなずいた。

(滅多なことはしゃべるんじゃねえぞ)

(分かってますよう)

目と目で交わしたのだ。

三

小柳町の長屋を出た鬼助と市左の足は、筋違御門の火除地に向かっていた。行く先は柳原土手である。火除地広場から柳原土手の往還は、神田川に沿って両国広小路のほうへ延びている。

「さあ、蛇《じゃ》が出るか蛇《へび》が出るか。ちょいとのぞいてみるか」

「兄イ、俺もそう思っていたのよ。ついでに亭主の辰三の面《つら》も拝んでみるかい」

「あはは。なにもいま拝まなくっても、近いうちに会わなきゃならなくなるかもしれねえ」

「違《ちげ》えねえ。それにしても嘉吉め、うまく嵌《は》められたもんですぜ」

話しているうちに、足は火除地広場に入った。すでに屋台が出ている。これから午《ひる》に近づくにつれ、その種類も人の出も増えることだろう。

鬼助も市左も、辰巳屋の近くはよく通っているが、意識してその門構えを見るのは初めてだ。日本橋のすぐ近くで室町一丁目の磯幸に比べれば貧相だが、この界隈では広場に面し、一応大振りな料理屋の構えだ。こんな時刻でも奥の部屋に上がる客がいるのか、すでに暖簾を出している。なるほど男と女が別々に入れば、密会とは気がつかないだろう。日暮れてからの賭場の客も、料理屋に出入りしているように見えることだろう。

鬼助は無言で通り過ぎ、市左は、

「けっ」

汚いものでも見るように、足元の砂を辰巳屋のほうへ蹴った。自分でも無頼をやっていて、素人を博打に誘い込む手口はよく知っているので、それへの憎しみが込み上げてきたのだろう。嘉吉などは、その典型的な例だ。それにしても、短期間で二十両も借金をつくらせるのは珍しい。

土手の往還に入った。ここもすでに屋台や買い物客、そぞろ歩きの人が出ている。

莚《むしろ》に古着をならべた売人が、

「やあ、市左の兄弟。景気はどうだい。物はよく入っているかい」

声をかけてきた。市左が見倒屋であることは、土手の兄弟たちはみな知っている。

「おう。そういつもある商いじゃねえからなあ」

「あはは、もっともだ」

返すと、となりの風呂敷商いの売人が笑い声を上げた。

だが、笑いはここまでだった。

そのとなりに甘酒の屋台を出しているおやじが、

「おっ、鬼助の兄弟も一緒かい。八兵衛親分に頼まれなすったか」

「いや、そういうわけじゃねえが」

鬼助は足をとめ、話を切り出した。

「近ごろもめごとがよくあるって聞いたけど、そんなにしょっちゅうなのかい」

「ああ。近くで騒ぎだしゃあ、屋台をひっくり返されねえよう、すぐ担いで逃げ出す算段をしながら小豆《あずき》を煮ているようなもんだ」

「逃げられるおめえさんはいいぜ。八兵衛親分や甚八さんには、もっとしっかりしてもらわねえと」

「そうそう」

向かいの常店のおやじが往還に出て来て言ったのへ、風呂敷商いの売人が相槌を入れた。

夕雷の与太どもの嫌がらせは、頻繁に起きているようだ。これではそぞろ歩きの客筋が、素見《ひやかし》を楽しみ、やがて巾着の紐を解いてくれる層ではなくなり、もめごとをおもしろがるような連中ばかりになってしまう。

「俺の目の前でそんなのがいりゃあ、神田川へたたき込んでやるぜ」

鬼助は手をうしろへまわし、木刀をなでながら言った。

「気をつけなせえ。相手が悪いかもしれねえから」

兄弟たちのなかから声が出たのは、事態の深刻なことを物語っている。

売人たちから非難された八郎兵衛は、きょうも朝から代貸の甚八ら若い衆を引き連れ、縄張の見まわりに出ていた。

矢場の近くで出会った。

「これは鬼助どんたちじゃねえか。きょうも来てくれたかい」

「ああ、ちょいと朝早くから出て、そのついでてさあ」

と、なごやかな立ち話の雰囲気だったが、

「夕雷の野郎が須田町で賭場を開帳しているのをご存じで？　あくどいこともやっているようですぜ」

「えっ」

鬼助が耳元にそっとささやいたのへ、八郎兵衛は軽い驚きの声を洩らし、〝賭場〟が甚八と若い衆にも聞こえたか、その場に瞬時、緊張が走った。

八郎兵衛はすかさず、

「おお、そうかい。そんなら戻ってからゆっくり聞こうじゃねえか」

世間話のようにまわりへも聞こえる声で言い、

「甚八、あとはおめえに任すぜ。俺はちょいと鬼助どんたちと家でお茶でも飲んでくらあ」

「へい、ごゆっくり」

甚八もなんでもないようすで返し、手を膝にあて軽く腰を折った。

店頭《たながしら》一家の者が親分も代貸もそろい、通りで木刀を腰にした鬼助と深刻そうに話したのでは、緊張がたちまち周囲に伝播《でんぱ》する。いまはそのような時期なのだ。

甚八はさりげなく若い衆を引き連れ、

「おう、客の入りはどうでい。しっかり稼いでくんねえ」

近くの売人に声をかけ、見まわりをつづけた。

鬼助と市左は八郎兵衛と一家の住処《すみか》に向かった。若い衆が一人、あとについた。

矢場の前を通った。

通りの中心地であるはずなのに、近くの茶店とともに雨戸が閉まったままである。

柳原土手のにぎわいを盛り上げる役割を担っているはずの一帯が、商舗の暖簾が途切れ逆に足を引っ張っているように見受けられる。

その矢場や近くの茶店が八郎兵衛の直接開いている店であることを、土手の売人たちは知っている。そこが閉まっているということは、

「――八兵衛親分、どこの誰とも知れねえやつらに押され気味だぜ」

との印象をまわりに与えている。

なかには、

「――あの親分、もう落ち目かもしれねえ」

などと言う声も聞かれている。

「まだ開けなさらねえので？」

「ああ、土手に来てくださるお客さんたちのためだ。ここで騒ぎが起こって、血でも見ることになったんじゃコトだからなあ」

歩を進めながら鬼助が低声で訊いたのへ、八郎兵衛も低い声で応えた。

「さようですかい」

と、鬼助は、そこにこの店頭の〝消極性〟よりも、あくまでも平穏にといった思いのほうを強く感じた。市左もそれを感じたか、無言でうなずいていた。

八郎兵衛の住処は、柳橋《やなぎばし》の手前にある。

柳橋は神田川が大川（隅田川）に流れ込む河口の手前に架かる橋で、そこから両国

広小路はすぐ近くだ。

鬼助と市左は、場所は知っていたがそこに上がるのは初めてだ。

店頭一家の住処だけあって、伝馬町の棲家にくらべ重厚さのある玄関の構えだ。そこの戸も鬼助たちの棲家が長屋とおなじ腰高障子なのに対し、こちらは洒落た格子戸だ。

部屋に通され、鬼助と市左が箱火鉢の前に胡坐を組むなり、向かい合わせに座った八郎兵衛は、

「やはり夕雷の野郎だったのかい、辰巳屋で賭場を開帳しているのは」

と、八郎兵衛は開口一番に訊いた。歩きながらも早く確かめたかったのを、住処に帰るまで我慢していたといった風情だ。

「えっ、八兵衛親分。ご存じだったので？」

「すこしは……」

市左が言ったのへ、八郎兵衛はあいまいな応え方をした。

辰巳屋で賭場が開帳されているとのうわさは、当然八郎兵衛の耳にも入っていた。

筋違御門の火除地は幕府の直轄で、見まわりも六尺棒を持った御門の門番の範囲である。だから昼間は屋台や大道芸人に営業を許しても、日の入りとともに火の気厳禁は

厳格に守られていたのである。そこに店頭などおらず、八郎兵衛にとっては両国広小路と違い隣接する同業はなく、安心できる場であった。

その広場を隔てた辰巳屋で賭場の開帳があっても、八郎兵衛は遠い川向こうのことのように受けとめ、配下の若い衆には関わりを禁じ、物見《ものみ》にも行かせていなかった。

だが、土手の縄張に土足で踏み込もうとしている夕雷の又五郎がそこに関わっているとなれば、事情は異なってくる。胴元が又五郎だったのは、初めて知ったようだ。

どうりでさっき、若い衆も含め緊張が走ったはずである。

「おめえさんら、そこへ遊びに行ったのかい。見知ったこと、詳しく聞かせてもらおうか。そこの胴元のことも」

八郎兵衛は上体を箱火鉢の上へせり出した。

鬼助と市左は、

「遊びに行ったわけじゃねえが……」

「それよりも、もっと深刻なことで……」

と、交互にこれまでの経緯から、きょう早くに取立て屋が長屋の住人のところへ来たこと、今夜小柳町の嘉吉の夜逃げを手助けすることまで、克明《こくめい》に話した。

聞き終わった八郎兵衛は上体をもとに戻し、

「餌食《えじき》にされた職人は可哀相だが、おめえさんらせっかく現場に居合わせながら、なんでその取立て屋を尾《つ》けなかった。尾けて居どころを突きとめていたなら、やつらの人数の概要くらいはつかめたかもしれねえんだぜ」

「あっ」

「それは気がつかなんだ」

鬼助と市左は同時に、自分たちの迂闊《うかつ》に気づいた。

「なあに、おめえさんらは見倒屋だ。胴元を探るのが仕事じゃねえ」

八郎兵衛は慰めるように言い、

「こいつは、まずいなあ」

ぽつりと吐いた。

賭場を開帳しているような男が柳原土手に目をつけ、しかも辰巳屋もつるんでいるとなれば、至近距離に拠点を置いて仕掛けて来ていることになる。まずいどころか、厄介で手強《てごわ》いといわねばならない。

「ま、よく知らせてくれた。礼を言うぜ。今夜の夜逃げと見倒しの仕事、うまく行くよう祈ってらあ」

と、話はお開きになったが、鬼助は夕雷一家の出方を見るため、このあとも木刀を背に甚八らの見まわりに加わることになった。その場でみずから八郎兵衛に申し出たのだ。

「ほう、それは助かるぜ」

と、八郎兵衛は喜んだ。

市左は、小柳町に異変があって嘉吉かおタエが駈け込んで来るかも分からず、それに備えて伝馬町の棲家で備えることにした。

四

市左は、

(今宵の道順でも確認しておくか)

と、柳原土手から直接伝馬町に向かわず、また火除地広場に出て小柳町に入り、嘉吉の長屋に変わった動きのないことを見とどけてから、道順を考えながら棲家に帰った。

すでに午過《ひるす》ぎになっていた。

動きはあった。

市左が小柳町を離れたあとだった。入れ替わるように、その小柳町に須田町の辰巳屋の辰三が直接草履《ぞうり》の音を立てていた。料理屋の旦那らしく血色がよく四十がらみで肉付きのいい男だった。顔も脂《あぶら》ぎっている。

辰三はなんと嘉吉の長屋の路地に入り、

「おタエさん、いなさるかね」

声をかけ、腰高障子を開けた。

嘉吉はすでに神田橋御門外の仕事場から帰って来ている。

「おや、嘉吉さんもいなさったかね。これはちょうどよかった」

と、辰三は、不意の訪問に戸惑う夫婦におかまいなく、長話でもするようにすり切れ畳に腰を下ろした。

「辰巳屋の旦那が、な、なに用でござんすかえ」

嘉吉はよそよそしく迎えた。二人で長持の中を整理していて、部屋はまだ夜逃げを覚られるほどかたづけていなかったのはさいわいだった。

「なに用かとはまたずいぶんな応対だねえ。いえね、さっき又五郎さんから聞きましたのさ。驚きましたよ。私が事前に聞いておれば、そんなことはさせなかったのだがね。来てしまったものは仕方がない。朝早くに、嫌な思いをしたろうねえ。私が迂闊だったばかりに、申しわけないと思っていますよ」

　辰三の口調はやわらかだった。

　嘉吉とお夕エは、辰三を避けるように部屋の隅で、ふたを開けた長持に背をすりつけている。

　辰三はつづけた。

「それで、きょう来たのはほかでもないが、ほれ、まえにも一度お夕エさんに話しただろう。嘉吉さんがこしらえてしまった借金二十両、私が肩代りしよう、と」

「そ、その話なら、もういいんです」

　上ずった口調でお夕エが返した。

「えっ」

　辰三は意外そうな顔つきになったが、すかさず嘉吉がお夕エの袖を引き、

「理由《わけ》も分からず、肩代りしようなどと、おかしいじゃござんせんかい」

　お夕エが〝もういい〟と言った理由を、そのほうに持っていった。

「そう、それなんだがね、どうだろう。おユイを茶店奉公させておくよりも、辰巳屋《うち》へ寄こしなさらんか。二十両はそのための支度金と思ってくれればいいのですよ。そうすれば借金はなくなり、もちろん又五郎さんの若い衆がここへ取立てに来ることも

なくなります。いえね、通いの仲居でもいいのですが、このさいですから住み込みで、そうそう、小さな家でも一軒用意しましょうか。そこで奥向き女中にでもなったつもりで奉公してくれればいいのですよ」

「…………」

嘉吉とおタエは息を呑んだ。

なんのことはない。二十両と引き換えに、辰三は十六歳のユイを囲い者にしようとしているのだ。

お島のとりなしで鬼助や市左と話をし、逃げ込む場まで提供され今宵夜逃げと決めていなければ、あるいは乗ったかもしれない。それほどけさの取立て騒ぎは衝撃的だったのだ。

おタエは返した。

「急にそんなこと、ユイの気持ちも訊いてみなければ」

「そ、そうさ。あした、あした返事する」

嘉吉がつないだ。

夫婦の決意は変わらない。うまくこの場を取りつくろった。

逆に辰三はそれを脈ありとみたか、

「おや、そうですか。ま、いまここで返事をとは言いません。ならば、せめてあしたは若い者をここへ来させないよう、又五郎さんに言っておきましょう。代わりにわたしが来ましょう。あの若い人、取立てるまで毎日でも押しかけるよう、又五郎さんに言われているようですからねえ」

いくらか意地悪さを帯びた口調になり、腰を上げた。

草履の足音が遠ざかった。

嘉吉とお夕エはうなずきを交わし、

「このこと、ともかく見倒屋さんに」

「分かった。今夜、間違いなく、と」

嘉吉は土間に飛び下り、雪駄《せった》をつっかけた。

辰巳屋では、奥の部屋で夕雷の又五郎が辰三の帰りを待っていた。

悠然と帰って来た辰三に、

「どうでしたい、首尾は」

などと訊いたものである。

辰三は応えた。

「上々のようだ。親分さんにはほんにうまくやっていただきました」

「ふふふ。旦那も好きでござんすねえ。あんな小娘を。ま、旦那に頼まれ、父御《てて ご》の嘉吉を賭場に誘い込み、さんざん勝たせて、あとで短期間に二十両も用立てるまで持って行くには、代貸の多次郎がいかさまを駆使しながら、ずいぶん苦労しやしたぜ」

「その代わり、ここを賭場にお貸ししているじゃございませんか。二十両も、私が労賃として出しましょう、と」

「あはは。そこの柳原が俺のものになりゃあ、旦那にはもっといい思いをしていただきますぜ」

「はいはい、期待しておりますよ」


二人が話しているころ、嘉吉は伝馬町に駈け込んでいた。

市左が留守居をしている。

場所は聞いていたのですぐ分かった。

玄関の腰高障子を引き開けるなり、

「来ました、来やがった！」

「なに！　あの与太、また来たかい」

土間に立ったまま言う嘉吉に、市左は板敷きから跳び降り雪駄をつっかけた。

「いや、違うんだ。来たのは辰巳屋の辰三旦那で」

「なんだって？」

市左は土間に立ったまま怪訝な表情になり、

「ともかく上がりねえ」

嘉吉を居間に上げた。

胡坐で向かい合い、嘉吉は話した。

市左は幾度もうなずきながら聞いた。

わめき散らす取立て屋が、きょう早くに来て嘉吉たち家族を追いつめ、その日のうちに辰巳屋の辰三が来て〝ユイを〟と切り出すなど、又五郎と辰三がつるんでいることは、嘉吉やおタエならずとも誰でも容易に気づくだろう。さらに市左は、嘉吉を博打に誘い大枚の借金までさせたことも、すべて一連の策謀だったことにも気づいた。そのあと辰三と又五郎が会っていたことは知らなくても、そこに交わされた言葉は即座に予測の範囲内となっている。

おそらく辰三は近くの茶店にユイが出ているのに目をつけ、又五郎に策を持ちかけたのであろう。

「まったく狒狒爺《ひひじじい》ならぬ、狒狒おやじだぜ。で、今夜のことは、気づかれなかったろうなあ」

「へえ、それはもう」

「よし。早く帰《けえ》って、となり近所にも気づかれねえよう準備をととのえておきねえ。こういうことは相手に気づかれたら万事休すだ。さっと行ってさっと引き揚げるからよ。だけどこの話、鬼助の兄イにすると、夜逃げのめえに辰巳屋へ殴り込むかもしれねえぜ」

言ったのは、鬼助よりも市左自身の心境だった。鬼助は腕に自信はあっても、それほど直情径行《ちょくじょうけいこう》な男ではない。

だが柳原土手に残った鬼助は、それに近い状況にあった。

五

鬼助は職人姿で、甚八たちの見まわりに同行していた。

代貸の甚八と肩をならべ、そのうしろに若い衆が二人ついている。

甚八も若い衆も脇差を帯びているが、肩で風を切って闊歩《かっぽ》しているのではない。往

来人や買い物客のじゃまにならないよう、隅のほうを遠慮気味に歩いている。石につまずきよろめいた年寄りを見れば、

「——おっと気をつけなせえ」

と、肩をささえたりもする。

威勢のいい往来人同士が、肩が触れたの足を踏んだのと諍《いさか》いを始めれば、すかさず駈けつけてなかに割って入り、

「——まあ、まあ」

と、引き分けたりもする。

それが店頭《たながしら》一家の、縄張内《しまうち》の見まわりである。

売人から、

「——ごくろうさんです」

声がかかる。

きょうもかかった。

だが、よそよそしいものを感じる。

甚八が鬼助の耳元でそっと言った。

「仕方がねえんでさあ。近ごろ、役目を果たしていねえもんで」

それほど夕雷一家の狼藉《ろうぜき》に手を焼いているのだ。

もし、若い者同士が刃物を抜いての喧嘩でも起こせば、それこそ役人が捕方を引き連れ駈けつけることになる。店頭にとって、これほどの恥はない。それを防ぐのが店頭の仕事であり、一度でもそうした騒ぎを起こせば、その店頭は信用をなくし、勢力は衰退することになるだろう。

それを、夕雷の又五郎は狙っている。

意図的に仕掛けて来た場合、守りの側はどうしても不利になる。

土手の八兵衛は、

「——殺されても刃物は抜くな」

甚八ら配下の者に厳命している。

甚八たちは、それを守っている。

「おっとっと」

すぐ近くが騒々しくなった。往来の人をかき分け、

「またです！」

若い衆が一人、駈け寄って来た。

近くの売人たちもそぞろ歩きの人たちも、

「えっ」

「また？」

ざわついた。

「ばかやろう、そっと言うものだ」

甚八は低い声で、駈けて来た若い衆を叱《しか》った。

「へえ、すいやせん。いま、向こうで、また因縁を。三人でやす」

「なに、三人。行くぞ」

「へいっ」

甚八はさりげなく急ぎ足になり、若い衆の駈けて来たほうへ向かった。二人の若い衆もつづき、鬼助も追った。

耳元に聞こえた。

「またかい」

「店頭がしっかりしてねえからだ」

売人たちの声だ。

それをおもしろがり、急ぐ店頭の若い衆につづこうとする者もいる。すでに、土手の広い範囲での騒ぎになったのも同然である。

閉まっている矢場のすぐ近くだった。

常店の古着屋だ。

「なんと！」

鬼助は緊張した。以前から市左と昵懇《じっこん》で、きのう古着を卸したばかりの店ではないか。しかも与太三人のうちの一人が、けさ早く小柳町の長屋で二十両の取立てにわめいていた男ではないか。ここでもわめいている。

店の台が蹴られ、古着があたりに散乱している。

いきり立つ与太三人と、おろおろするあるじとのあいだに、

「お客さん、なにか不都合がありましたか。あっしらが承《うけたまわ》りやしょう」

甚八が腰を折り、あくまで低姿勢に割って入った。

すでに古着屋の前は野次馬が集まっている。

「おっ、出て来やがったな。土手の与太ども」

「代貸さん！　この人ら、まったくの因縁をつけているんですう」

「なにが因縁でえ、危ねえものを売りやがって」

もう一人の与太が、甚八へ訴えるように言ったおやじの肩を小突いた。

「おっと、手を出すなど穏やかじゃござんせんぜ」

と、あくまで甚八は低姿勢をとおそうとしている。

柳橋の住処にも若い衆が走ったのだろう、八郎兵衛も駈けつけた。

「これはお客さん、どうかしましたかい」

「ほう、金壺《かなつぼ》の御大《おんたい》も出て来やがったかい」

夕雷の与太どもは八郎兵衛の金壺眼を揶揄《やゆ》して言った。

野次馬はさらに増え、もう往還は人が通れなくなっている。

「なにいっ」

甚八についていた若い衆二人が前面に出た。脇差に手をかけている。

（まずい）

鬼助が八郎兵衛や甚八のあとを引き取るように、

「おやじさん、災難に遭っていなさるようだねえ」

若い衆二人の前に踏み出た。

「あっ、鬼助さん。この人ら、きのうあんたから買い付けた古着に難癖つけているんだ。なんか言ってやってくだせえ」

「なにい。おめえがこのいい加減な古着を持ち込んだ野郎かい」

一人の与太が、鬼助に矛先《ほこさき》を向けた。

あとの与太二人が八郎兵衛と甚八を挑発するためか、

「へん、土手の親分さんよう。ここの取引き先は針のついた古着を卸し、売人はそのまま売っているのかい」

「おう、こっちのは汗臭いぜ。こんなものを売りつけやがってよう。客をばかにしているのかい」

与太どもが手にしている男物の古着は、確かにきのう市左と鬼助がこの古着屋に卸した物である。伊皿子台町の坂上屋での不逞浪人どもと、おなじやり口だ。けさの取立て騒ぎに始まり、鬼助の怒りに火が点《つ》いた。

「え、どうなんでえ」

古着を手にしていた与太二人が、八郎兵衛の目の前に突き出した。

つぎの瞬間だった。

「許せねえ！」

鬼助の手が背にまわるなり木刀が与太一人の眼前に一閃した。

「うわっ」

与太は突き出した腕をふり上げ、古着を自分で頭からかぶるかっこうになった。鬼助の木刀が脇下を打ち据えたのだ。骨の折れるのは感じなかった。だが与太は古着で頭を蔽い周囲の見えなくなったことと突然の脇下の痛みに、

「わわわわっ」

躍るように慌てふためいている。けさ取立てに来てわめいていた男である。相手の職人風が、長屋の出口のところで見かけた人物だとは気がついていないようだ。

瞬時のできごとだったが、それだけではなかった。

鬼助は木刀を上段にかまえるなり一歩踏み込み、

「たあーっ」

さらに着物を持った与太の肩を打った。

「ぎぇっ」

与太はうしろへのけぞりながら反射的に腕を曲げ、手に古着をからませた。やはり骨を砕いた感触はなかった。真剣の浪人と向かい合ったときとは違い、与太を相手ではそれだけ鬼助に余裕があったのだ。

「おーっ」

野次馬たちから声が上がり、前のほうの者はうしろへ下がろうとし、うしろの者は前へ出ようとし、混乱しはじめた。

「きゃーっ」

女の悲鳴が上がった。

八郎兵衛はつぎの展開を予想し、

「人垣を張れいっ。見物人にケガがあってはならねえ」

「おーっ」

甚八と配下の若い衆らは野次馬たちを押し戻すように立った。

もう一人の与太が、ようやく事態を察したか、

「や、野郎！」

鬼助に向かい脇差を抜き放ったのだ。

「おぉぉぉ」

ふたたび野次馬たちから声が上がった。

つぎの刹那《せつな》、鬼助の動きは速かった。

脇差を抜いた与太の手の動きを追うように、

「だーっ」

木刀の切っ先を送り込んだ。

「うぐっ」

うめき声はその与太だった。

抜いた脇差に左手をあて、身構えようとしたそこへ、木刀の切っ先が奔《はし》ったのだ。左手の小指を打っていた。骨の砕けた感触が……あった。

抜き身の脇差がボトリと、土手に散乱した古着の上に落ちた。

指の痛みからか、

「ううう」

与太はうなり、

「お、覚えていやがれ」

お決まりのせりふを吐き、落とした抜き身もそのままに右手で左手を包み込み、

「じゃまだ！　どきやがれ」

「ま、待ってくれ」

野次馬たちは男も女も、

「おおお」

「あれれれっ」

道を開け、そこにつづいて退散する一人は首に古着を巻きつけ、もう一人は手にからませたままである。

「あっ、お客さん！　古着のお代を！」

思わず古着屋のあるじは叫んだ。

野次馬たちから笑いが洩れた。

「おい、行き先を確かめろ」

「へい」

八郎兵衛に言われた若い衆が一人、与太三人のあとを追った。

「騒ぎになって申しわけありやせん。さあ、散ってくだせえ」

甚八は野次馬を散らしにかかり、八郎兵衛は古着屋のあるじに、

「すまねえ、こんなにさせちまって。このあとやつらがここに手を出せねえよう、気をつけさせてもらうぜ」

言って若い衆にかたづけを手伝わせた。

あるじにはそこが心配である。

鬼助も八郎兵衛に、

「親分、俺も乗りかかった船で、やつらとのカタがつくまで、ずっと土手に詰めさせてもらいまさあ。きょうは今夜の用意があり、これで失礼いたしやすが、あとはよろしゅうお願《ねげ》えいたしやすぜ」

「おう、心得た。そちらのほう、成功を祈るぜ」

八郎兵衛は応じ、この場からさっさと引き揚げる鬼助を見送った。

木刀を差したその背が見えなくなってから、八郎兵衛と甚八は顔を見合わせ、

「大《てぇ》したもんだ」

「まったくで」

そこへ古着屋のあるじも加わったものである。それは同時に、見ていた〝兄弟〟たちや野次馬たちにも共通した思いだった。

夕雷の与太どもは、土手の八兵衛一家の者と渡り合ったのではない。職人姿の売人に一方的に、しかも瞬時に叩きのめされたのである。夕雷一家は恥をかいただけで、これでは喧嘩のつなぎようがない。しかし、これで夕雷一家の土手八の嫌がらせが止むとは考えられない。

与太三人を尾《つ》けた若い衆が帰って来た。

「やつら、須田町の辰巳屋の勝手口に入《へぇ》りやした」

その報告に、八郎兵衛はつぶやくように言った。

「やはりそうか。この始末、鬼助どんにこれ以上、迷惑をかけたくねえが」

「そのとおりで。鬼助さんも市左どんも、出入りの売人さんなんでやすからねえ」

甚八が反省するようにつないだ。

だが、今夜鬼助と市左が助《す》けようとしている夜逃げの一件は、もろに夕雷の又五郎と辰巳屋の辰三に関わることなのだ。

その動きに、夕雷一家も辰巳屋も、まったく気づかないまま、夕刻近くになってからだった。

夕雷の代貸である多次郎が、若い与太一人を連れて柳橋の八兵衛一家に訪《おとな》いを入れていた。かなりひねくれた顔の、甚八とおなじ三十がらみの男だ。

玄関で応対に出た甚八に言っていた。

「あの木刀を持った乱暴者の男を、当方へ引き渡してもらいたい」

口上はさらにつづいた。

「土手で起こったもめごとだ。すべて八兵衛一家に責任がある。夕雷《うち》の若い者が一人、左手小指の骨を砕かれた。二度と刀を持てないかもしれぬ重傷だ。治療代と今後への償《つぐな》い金も合わせて払ってほしい」

やはり骨を砕いていた。それにしても、かなり苦しい理屈だ。

甚八は玄関の板敷きに端座し、返したものである。

「あの職人はながれの売人で、身内の者ではない。名も住まいも分からぬ。当方が引き渡す渡さないの問題ではない。まして当方が償い金など」

多次郎たちが土手に聞き込みを入れ、鬼助を割出すのは困難だろう。古着屋のおやじが〝鬼助さん〟と叫んだのに、三人の与太どもは聞いていなかったようだ。

甚八はさらに言った。

「てめえらから因縁をつけてながれの職人に追い返され、俺たちにケツを持って来るたあ見苦しいぜ」

「なにい」

多次郎はいきり立ったが、ここで暴れたのでは恥の上塗りとなる。

「そうかい。このまま俺たちが引き下がると思っちゃ大間違えだぜ」

またありきたりの捨てぜりふを残し、多次郎は引き揚げたものである。出しな、若い与太が格子戸を蹴る仕草をしたのが滑稽《こっけい》だった。

六

「おう、兄イ。帰《けえ》ったかい」

と、伝馬町の棲家で、市左は鬼助の帰りを待っていた。まだ陽がそれほど低くなっていない時分である。早く話したいことがある。嘉吉が駈け込んで来た一件だ。

鬼助も土手での活劇を話したい。今宵の夜逃げに関わることだ。

鬼助が玄関の腰高障子を開けるなり走り出て来た市左が、

「実はさっき」

「おう、市どん。さっき土手で」

二人は同時に口を開いた。

「えっ」

「なんなんでえ」

と、これも二人同時だった。

ともかく二人は慌てるように奥の居間に入り、

「兄イ、まず俺から話させてくれ」

と、市左がさきに話しはじめた。

その話に、

「ほう、ほうほう」

と、鬼助は膝を乗り出し、話が終わると、

「なんともまあ、狒狒おやじめ。市どん、こりゃあ今宵の夜逃げ、ますます人助けのうえ、又五郎と辰三とやらに吠《ほ》え面《づら》をかかせてやることになるぜ。そうそう、それにさっき土手でよ……」

　と、鬼助も話した。

「おもしれえ。やつら、もう吠え面かいてやがるぜ。あしたの朝、長屋を見りゃあ、泣きっ面に蜂だ」

「そういうことだ」

　二人はにんまりとほほ笑み、

「よしっ」

　と、気合いを入れた。これほど闘志の湧いてくる夜逃げの助っ人など、これまでなかったことだ。

　そのころ、八郎兵衛は辰巳屋に見張りを出していた。これまでの受け身一辺倒と異なり、積極姿勢に出はじめたのだ。

　陽はまだ落ちていないが、夕刻近くになった。

　お島が帰って来た。

　ちょうど夕雷一家の多次郎が、柳橋の八兵衛一家の玄関で、屁埋屈の口上を述べていた時分である。

お島は縁側に荷を降ろし、

「しっかりやってきておくれよ。あたしゃ部屋を掃除して待っているからね」

「おう、任しておきねえ」

「いままで俺たちが、ドジ踏んだことあるかい」

鬼助と市左は返した。


陽が落ちた。小柳町の長屋では、娘のユイも帰って来ているころだろう。

霜月（十一月）と冬の最中であれば、陽が落ちてから夜の帳《とばり》が降りるのが早い。それに寒気が身を襲ってくる。

鬼助と市左は棲家の戸締りを終え、おもてに出た。

大八車の軛《くびき》に市左が入り、その横に鬼助が轅《ながえ》に手をかけ、横にならんだ。

奥の長屋からお島が出て来た。夜逃げの助っ人へ行くのに、お島がわざわざ見送りに出て来るなど初めてのことだ。なるほどこの一件は、お島が縁側で語ったことがふり出しになっている。しかもこたびは、その身柄も引き受けようというのだ。

まだ人の顔の見分けはつく。

「しっかりね」

「ああ、行灯《あんどん》の火を消さず、待っていてくんねえ」

お島の忍び声に鬼助が低い声で返し、

「それじゃ、兄イ。行くぜ」

市左の、これも低い声で大八車が動いた。

市左も鬼助も火の入った提灯を手にしている。日暮れてから灯りなしで大八車を牽いていたのでは、かえって怪しまれ自身番の者に誰何《すいか》される。

棲家のおもての通りから、柳原寄りの小伝馬町の通りに出た。すでに人通りはまばらで、提灯の火がところどころに揺れている。広い往還が暗くなったなかにいっそう広く感じられる。両脇にところどころ軒提灯の灯りが見えるのは飲食の店で、辻には屋台の灯りも見える。

神田の大通りの手前を右手の北方向に折れた。そこを進めば小柳町に入る。

「兄イ、冷えるなあ」

「ああ」

と、吐く息が白い。

夜逃げの助っ人には荷運び屋に徹するため、木刀は持って行っても大八車に見えないように縛り付けているのだが、けさの騒ぎに土手の件もあり、鬼助は腰の背に慥《しか》と差し込んでいる。
小柳町に入った。
すでに暗くなったなかに角を数回曲がり、長屋の手前に出た。
あたりに人影はなく、灯りも市左と鬼助の持つ提灯のみとなっている。
夜逃げの助っ人は、何回やっても緊張する。
あたりに夕雷の手の者が出て見張っているようすはなく、ひと安堵だ。
鬼助もすでに要領を心得ている。
「見てくる」
提灯を手に大八車を離れ、さりげなく長屋の路地に入った。
五軒長屋で、灯りがあるのは嘉吉たちの部屋だけだった。
待っていた。荷の整理もできている。
淡い行灯の灯りのなかに、三人が身を寄せ合っていた。
「さあ、なにも持たず、提灯だけで出てくだせえ」
三人はうなずき、嘉吉の持つ提灯を頼りに路地を出た。
市左がそこにいる。
「さ、向こうでお島さんが待っていまさあ」

「は、はい」

お夕エが上ずった声で返し、三人は角を曲がった。いずれも手ぶらである。

この時刻に風呂敷包みなどを背負っていたなら、それこそ家族そろって夜逃げの看板を掲げていることになる。自身番でかならず誰何され、借金の踏倒しの疑いをかけられ身柄を拘束されることになるだろう。

手ぶらで提灯だけなら、ちょいと家族で近くに出かけて帰りが遅くなっただけのように見える。もし夕雷の与太と出会っても、なんとか切り抜けられる。手ぶらでは、まさか夜逃げなどと思わないだろう。それに、嘉吉は昼間一度行っており、夜でも道に迷うことはない。

三人の背を見送ると、市左は大八車を長屋の路地に入れた。

さっそく家財の運び出しが始まった。まとめてあるのでやりやすい。

となり近所の気づくのが朝になってからというのが、最もあざやかな夜逃げといえるが、一軒家ではなく長屋では不可能だ。ならば、もっと人々の寝静まった丑三《うしみ》ツ時《どき》にすればいいとも思えるが、江戸の町場でそれはできない。

町々は夜四ツ（およそ午後十時）に木戸が閉まり、長屋も出入り口に木戸のある所では月番がその時分に閉める。ひらりと飛び越える盗賊ならまだしも、大八車を牽いての夜逃げでは、たちまち身動きが取れなくなる。だから暗くなると同時に仕事にかかり、木戸の閉まる夜四ツにはすべてを終えていなければならない。ひと口に夜逃げといっても、間合いと速さが大事なのだ。

部屋の行灯と大八車の轅にかけた提灯の灯りのなかに、鬼助と市左は急いだ。これで黒い手拭で頬かぶりでもしていたなら、手慣れた泥棒の運び出しである。

長屋の住人は眠りに入ったばかりで、そこへなにやら物音が聞こえてくる。なかには灯りを消してもまだ寝入っていない者もいるだろう。

(ん？　なにごと)

腰高障子の音が聞こえ、両どなりの住人が路地に出て来た。

二人の職人姿の男が淡い灯りのなかで、嘉吉の部屋から黙々と家財を運び出し、大八車に積んでいる。

「あれれれ」

「なにやってんだね」

「へい。あっしら、人助けの見倒屋で」

「きょう嘉吉さんから家財をまとめて買取りやして、運び出しているところでやす」

市左が淡々と応え、鬼助がつなぐ。

「えっ」

「やはり」

けさの騒ぎのあとである。住人には納得できるものがある。

となりのおかみさんが部屋の中をのぞき、

「おタエさんやおユイちゃんは？」

「へえ。もう、嘉吉さんとここを出られやした」

包丁やまな板、笊《ざる》などの入った行李をかかえて出て来た市左が応え、大八車に積むとまた粛々と部屋の中に戻る。

もう一方のとなりの亭主が、

「どこへ？」

「それは訊かねえでやってくだせえ」

鬼助が荷に縄をかけながら応えた。

また他のおかみさんが、

「あれえ、あんたたち。見た顔だと思ったら、あの騒ぎのあとここへ来ていた人ら」

「さようで」

鬼助は縄を締めながら、

「この家財のお代は、もう嘉吉さんとお夕エさんに払っておりやすので。けっこう、いい値で買い取らせていただきやした」

「なるほど」

他の住人らはうなずいていた。二人がまったく知らない顔であったなら住人は騒ぎだし、夜逃げが辰巳屋か夕雷一家に気づかれることになるかもしれないのだ。

いまは逆に鬼助と市左の淡々とした仕事ぶりが、かえって長屋の住人たちに安堵感のようなものを与えている。顔見知りになっていたとはいえ、鬼助と市左だからこそかもし出せる雰囲気である。

それら住人たちの見守るなか荷の積込みは終え、部屋の中に残っているのは塵《ちり》とかまどの灰と火の入った行灯のみとなった。

鬼助がその行灯を手に部屋から出て来て火を吹き消し、大八車に積んだ。

市左はすでに転へ入っている。

「それじゃ皆の衆。嘉吉どんたちには不義理もござんしょうが、事情を察し、許してやんなせえ」

「ふむ」

「そりゃあ」

住人たちはうなずいていた。

「相棒、行くぜ」

市左の声に、鬼助は提灯を腰に差し、うしろから押した。

大八車は長屋の路地を出た。

住人たちは灯りも家財もなくなった部屋の前に、ようやく嘉吉家族の夜逃げを実感し、路地に立ったままひそひそ話をはじめた。それは夜の冷え込みのなかにしばらくつづくことだろう。

大通りでもない暗い往還に、人通りはまったくない。そこに提灯を前後に点け荷を満載した大八車が車輪の音を響かせている。夜まで働いている荷運び人足にみえても、怪しい者にはみえない。提灯にはその効果がある。

だが、来るときには自身番の前を二カ所ほど通ったが、帰りは念のためその道は避けた。

それにしても、市左たちにとっては奇妙な仕事になっていた。荷を運び出しても、見倒して買い取ったわけではない。嘉吉家族が当面の落ち着き先を見つければ、また荷をそっくり運ばねばならないかもしれないのだ。

さきに長屋を出た嘉吉たちは、誰に咎《とが》められることもなく、百軒長屋にたどりついていた。ころあいを見計らって、お島が寒いのをがまんし提灯を手に棲家の前に立っていた。その目に、揺れる灯りとひとかたまりの人の影が入った。お島は提灯を上げ自分の顔を照らした。三十代なかばの女やもめで、陽に焼け色黒だが、このとき闇に浮かんだお島の顔は、嘉吉たち家族には観音さまに見えたことであろう。

「さ、とりあえずあたしの部屋へ」

お島は三人を奥の長屋に案内した。

嘉吉とおタエは、過剰な世話になる恐縮のなかにも、ホッとした表情を見せていたが、娘のユイは急に夜逃げなどに至ったことが悲しいのであろう、泣いていた。しかも両親から昼間辰巳屋の辰三が来たことを聞かされておれば、この事態が自分のせいにも思え、ただ泣く以外ないのであろう。

だが、大八車が着いたとき、嘉吉やおタエ、お島らとともに、荷を棲家へ運び入れるのを健気《けなげ》に手伝っていた。

たちまち物置部屋はいっぱいになり、嘉吉は今宵、鬼助たちの部屋で雑魚寝《ざこね》となるが、その嘉吉がお島の長屋に布団を運んでいるとき、市左は鬼助にそっと言った。

「兄イ。ここまでやってしまったが、このさき、いってえどうなるんだろう」

それは嘉吉たちのことではなく、自分たちのことであった。

「分からねえ」

鬼助は応え、

「ただ、これがなにかの幕開けのような……」

つづけようとしたところへ、嘉吉が戻って来た。

市左の声が部屋にながれた。

「嘉吉どん。今宵遠慮はいらねえ。窮屈だろうが、ぐっすり眠ってくんねえ」

「へえ。もう、なんと言ってよいか」

嘉吉は消え入るような声で返した。

鬼助はそこにつないだ。

「なあに、人には、放っておけねえこともあるからなあ」

行灯の火が、大きく揺らいだ。

四　新たな依頼

一

翌朝である。

陽が昇ったところだ。

「ありゃ、お島さん。きのうの夜、なんだか話し声が聞こえたと思ったら。家族、増えたの？」

「ええ、まあ。お得意さんに、ちょいと困っていた人がいて」

奥の長屋の井戸端で、さっそく話題になった。

「あれまあ、こんな若い娘さんも」

いつもにぎやかな朝の井戸端が、いっそう騒がしくなった。おタエもユイも朝の長屋の井戸端は慣れており、すぐに打ち解けた。

おもての棲家でも朝は始まっていた。雨戸を開け、部屋にながれる寒気のなかで、

「下高井戸《しもたかいど》に知る辺《しるべ》がありやして、きょうちょいと行ってみまさあ」

市左の好物で、鬼助のつくった味噌汁を椀にそそぎながら、嘉吉は言った。聞けばおタエの親戚筋らしい。下高井戸は神田とは逆の江戸の西で甲州街道の二つ目の宿場町である。

お島が仕事に出かけるころ、おタエとユイも一緒に出て来た。これから家族そろって下高井戸へ出かけるのだ。嘉吉はおタエとともに、

「なにぶん、よろしゅう」

と、市左に幾度も頭を下げていた。不義理の嘉吉に代わって、これから市左が神田橋御門外の嘉吉の親方に事情を話しに行くのだ。

嘉吉はけさ早く自分で出かけると言ったのだが、夜逃げに気づいた夕雷一家や辰巳屋が、張込みの手を出しているかもしれない。見つかれば嘉吉の身はどうなるか知れたものではない。鬼助もそれはとめた。市左なら顔を知られていない。嘉吉の代わりに行ったついでに、小柳町や須田町のようすも、

「――見て来ようじゃねえか。どうせ乗りかかった船でえ」

と、市左が胸をたたいたのだった。

乗りかかった船というより、もうとっくに乗ってしまっている。

鬼助もおなじだった。このあと鬼助は、柳原土手へ詰める算段でいる。きょうかあす、柳原土手で一挙に騒動が起こるとすれば、そのきっかけは自分がつくったのだ。事態はどう展開するか分からないが、鬼助にとってこれこそ昨夜、嘉吉にぽつりと言ったように、伊皿子台町の一件と同様〝放っておけない〟事態となってしまっているのである。

嘉吉たち家族三人を見送り、居間でひと息つき、さて雨戸を閉めようかと腰を上げたとき、

「おう、いるかい」

その縁側から声が入って来た。

「えっ。こんなに早く？」

鬼助は首をかしげて障子を開け、市左もそこへ視線を投げた。声は南町奉行所同心の小谷健一郎だったのだ。

「おめえらが出かけねえうちにと早めに来たのだが、いてくれてよかったぜ」

と、小谷同心は縁側に腰を下ろし、奥に向かって上体をねじった。

「これは小谷の旦那。また朝早う、なに用で」

鬼助はいくらか警戒気味に縁側へ出て、小谷と向かい合うように胡坐《あぐら》に腰を下ろし、市左もそれにつづいた。

店頭《たながしら》などお上《かみ》からみれば、便利な側面もあるが無頼に違いはない。その無頼同士の諍《いさか》いに鬼助はすでに足を踏み入れている。市左がさらに関わる夜逃げの後始末も、ご法度の博打がからんだものである。隠れとはいえ、同心から手札をもらっている岡っ引のすることではない。

小谷は鬼助と市左へ順に視線を向け、

「さっそくだがおめえら、聞いちゃいねえかい。ここの近くのうわさだ」

かたわらに、小柄な千太が立っている。

「近くってどこの？」

鬼助は問い返した。柳原土手か火除地広場か、小谷の問いがどちらであっても鬼助たちには都合が悪い。

小谷の視線は二人の顔へ交互に動き、

「博打だ」

火除地広場だった。

「ちかごろ、あのあたりで開帳している野郎がいるらしい。土手の八兵衛じゃねえとは思うが」

「もちろんでさあ。八兵衛親分は博打など一切やりやせんぜ。まして胴元など」

鬼助がすかさず言ったのへ、小谷はつづけた。

「そこは俺も安心しているが、問題は広場の隅で誰かが野博打《のばくち》を張ってやがるか、小屋掛けで客を集めてやがるのなら、向こうさん（筋違御門）の支配地だ。それがもし、広場に面した茶屋か飲み屋の常店の奥でやってやがるのなら、こっち（町奉行所）の管轄ってことだ」

（なるほど）

鬼助も市左も内心うなずいた。二人ともそこまでは考えていなかった。

そんなこと自分で調べろと言いたいところだが、御用の筋で町方が広場をうろつくことはできない。とかく支配違いはうるさいのだ。

鬼助は返した。

「つまり、それを俺たちに探れ、と」

「そういうことだ。そのめえに、おめえら、聞いていねえのかい。こんなに近くなのによう」

「うっ」

「それは」

と、鬼助は応えにつまり、市左もつい声に出してしまった。

「ほっ、知っているようだな」

「いや。そんな近くに賭場などと、驚いたのだ」

「そうそう、俺もでさあ」

鬼助は言いつくろい、市左もあわててつづけた。

小谷は斜《しゃ》にかまえたような目つきで二人を睨んだ。

路地を長屋のおかみさんが通りかかり、

「おや、お奉行所の旦那。ご苦労さまです」

声をかけ、ぴょこりと頭を下げ、おもてへ出て行った。

長屋の者はむろん、近辺の住人が鬼助たちが岡っ引であることを知っているわけではない。ただ、見倒屋なら世間の裏をよく垣間見《かいまみ》ているので、

(また八丁堀が、なにかの世間話か聞き込みで来ている)

くらいにしか思わない。いまもそのような風情だった。小谷も、

「おう」

と、気さくに返していた。

すぐに鬼助と市左に向きなおり、

「そうかい。まあ、奉行所にそんなうわさが入《へえ》っているのでなあ」

と、話を戻し、

「なにぶん場所が厄介な土地《ところ》だ。おめえたち、聞いていねえんならちょいと聞き込みを入れておいてくれ。常店のほうでやってやがるのなら、その店の名もなあ」

「踏み込むのですかい」

「場合によっちゃな。頼んだぜ」

市左が真剣な表情で訊いたのへ小谷はさらりと応え、腰を上げた。

小谷と千太の大小の背が角を曲がり、鬼助と市左は冬の陽光を受けた縁側にまだ胡坐に座ったまま、

「ふーっ」

息をついた。

このとき、鬼助の脳裡を走るものがあった。

（いま、辰巳屋を密告《さ》し、小谷同心に捕方を引き連れて踏み込ませれば……）

柳原土手の問題は一挙にカタがつく。

が、できない。

大番屋では裏を取るため、夕雷の与太どもに客筋を吐かせ、お白洲が開かれればそれらも呼ばれ、入牢のうえ百敲《ひゃくたた》きくらいにはなろうか。そこへ嘉吉の名が出たらどうなる。嫁入り前のユイも、微罪だが罪人の娘になる。やるなら、嘉吉の家族が確実に江戸を離れてからにしなければならない。

それればかりではない。土手の八兵衛一家と夕雷の又五郎一家の諍いは、すでに衆目の知るところである。ここで辰巳屋に十手と六尺棒が入り、

――土手の者が密告《さ》した
などとうわさが立てば、八郎兵衛はどうなる。代貸の甚八も合わせ、江戸の無頼の世界では生きて行けなくなり、柳原土手は他の店頭たちの草刈り場になるだろう。

「ぶるる」

鬼助は肩を震わせた。

「どうしたい、兄イ。寒いのかい」

「いや。まあ、いろいろ考えてなあ。それよりも、さあ、出かけようぜ」

「ああ。思わぬじゃまで、すっかり遅くなっちまったい。この分じゃ、神田橋御門じゃもう仕事が始まっているだろうなあ」

二人は腰を上げた。仕事場の棟梁には、仕事前と、仕事が始まり嘉吉の野郎どうしやがったと言っているところへ行くのとでは、心証が異なる。もう太陽は高く昇ってしまっている。

ともかく市左は神田橋御門に急ぎ、鬼助は小伝馬町の牢屋敷の横を抜け、柳原土手に向かった。このほうの足取りはゆっくりしていた。

(さて、伊皿子台町のように、体を張るだけではすまない。どう処理する)

考えながら歩を進めていたのだ。

二

辰巳屋では、すでに嘉吉家族の夜逃げの一報が入っていた。夕雷一家の与太がふらりと見に行って気づいたのだ。

又五郎が辰巳屋に駈けつけていた。

夕雷一家の与太どもは辰巳屋に住みついているのではなく、界隈の木賃宿に入り込み、又五郎も多次郎も含め、そこを塒《ねぐら》にしていた。まだ〝一家〟というほどのものではなく、与太の寄せ集めといったようなものであった。いずれ、いずれかに住処《すみか》を構えるのが〝夢〟なのであろう。縄張を持ってはじめてそれは叶《かな》い、そのための柳原土手であったのだ。

辰巳屋の奥の部屋で、又五郎と辰三は声を荒げていた。

「旦那、あんたきのうあの長屋へ行ったのじゃござんせんかい。それでなにも気がつかず、まんまと逃げられちまうなんざ、迂闊《うかつ》としか言いようがござんせんぜ」

「なにを言う。おまえさんが若い者を張り付けておかないから、こうなったんじゃありませんか」

「お互いさまですぜ、それは」

落度のなすり合いである。もちろん又五郎も辰三も、若い者をやって行方を調べようとした。だが長屋の住人たちは口をつぐむよりも、行く先を知らず、訊きに来る者へ嫌悪を感じている。いずれもが、鬼助や市左の人相さえ口にしなかった。

又五郎には入るはずの二十両がフイになり、辰三はユイに家族ごと逃げられ、世間に知られたらこれほどみっともないことはない。

「こうなった以上、二十両は出せませんからねえ。あたりまえじゃないですか」

「なにを！　二十両はあんたが出すからと仕組んだ細工だったのですぜ。払うものは払ってもらいやすからねえ」

と、双方のあいだは険悪なものとなった。

だが、賭場を開帳して利を得るところでは、両方の利害は一致しているのだ。


柳原土手に近づいた。

歩を踏みながら、鬼助はまだおぼろげだが、

(俺一人で)

思い、

(無理だ。小谷の旦那を動かすしかないか)

と、考慮に入れはじめていた。

八郎兵衛も甚八も若い衆を連れ、土手の見まわりに出ていた。きのう夕雷一家の多次郎が、鬼助を引き渡せとねじ込んで来たのだ。鬼助が土手に来たのを見ると八郎兵衛は、

「おう、きょうも来てくれたかい。ありがたいぜ。ちょいと話がある」

と、柳橋のほうをあごでしゃくり、

「いいか、おめえら。断じて刃物を抜くんじゃねえぞ」

甚八と若い衆にきつい口調で言うと、悠然と柳橋のほうへ歩き出した。

これまでになく鬼助は、その姿へ八郎兵衛の秘めた威厳のようなものを感じ、

「…………」

無言で随《したが》った。

住処では、また箱火鉢をはさみ、胡坐で向かい合った。

八郎兵衛は、

「なあ、鬼助どん」

と、小さな金壺眼をしょぼつかせた。

八郎兵衛は、きのう夕雷一家の代貸の多次郎が来たことを話し、

「カタがつくまで、しばらく土手から遠ざかっていてもらいてえ」

「えっ」

鬼助は驚いたが、

(俺が土手に来ていたのじゃ夕雷の標的になり、かえって八兵衛一家に迷惑がかかるというのか)

と、無理に解釈し、きわめて素直に、

「さようですかい」

返し、腰を上げた。鬼助は、八郎兵衛から感じる、なにやらそうせざるを得ない雰

囲気に包まれていた。同時に〝俺一人で〟との思いが、鬼助の胸中にかたちを結びはじめた。

その鬼助の背に、

「すまねえ」

八郎兵衛は、しぼり出すような声でつぶやいた。

鬼助は外に出ると、伝馬町に向かった。だが、そのまま帰ったのではない。若い衆に頼み、甚八に言付けをしていた。

——伝馬町の百軒長屋に来られたい

もちろん、場所も教えた。

まだ午前《ひるまえ》である。

市左はまだ帰っていなかった。

縁側の雨戸を開け、ひと息ついたころ、甚八が玄関に訪《おとな》いを入れた。甚八は、八郎兵衛が鬼助に〝しばらく遠ざかる〟よう話したことを知っている。鬼助がそれを怒っているのなら、親分に代わってなだめなければとの思いから、言付けを聞くと八郎兵衛に告げることなくそのまま鬼助のあとを追ったのだった。

鬼助は、夕雷の標的が自分なら、土手の近くで甚八と話しているのを見られるとまずいだろうとの配慮から、〝伝馬町へ〟との言付けをしたのだ。それに、甚八に訊きたいことがあった。

「すまねえ、こんなところに来てもらったりして」

「ほう、こういうところに住まっていなすったかい」

と、さっき土手で会ったばかりだが、甚八が伝馬町の棲家を訪《おと》なうのは初めてなものだから、一応の挨拶言葉があってから二人は居間で胡坐を組んで向かい合った。明かり取りの障子が、冬の陽光を受けている。

「なぜなんですかい」

あらためて鬼助が訊いたのは、甚八が予想したものとは違っていた。

八郎兵衛は配下の者に、しつこいほどに刃物を抜いちゃならねえと言っていた。厳禁している。無頼の世界では珍しいことだ。それにきょう、鬼助は八郎兵衛から異様な雰囲気を感じた。

「なにか理由《わけ》がありなさろう。それに、親分はなにを考えていなさる？」

そこだった。

「そ、それは」

と、甚八は驚くとともに、言いしぶった。言いしぶるということは、八郎兵衛の言動にはなにか原因があり、それに考えていることもあるということにほかならない。

「ううっ」

甚八は口をつぐんだ。

だが、鬼助は膝を前に進め、

「さあ」

と、訊き方も強引で執拗《しつよう》だった。

ついに甚八は、この仁にならと思ったか、

「誰にも、市左どんにも洩らさず、おめえさんの胸一つに収めておいてもらいてえ」

「よござんすとも」

甚八の言葉に、鬼助はさらに膝を前に進めた。

甚八は低く、かすれた声になっていた。
十五、六年前のことだという。
「あっしはそのころから、八郎兵衛の兄イと一緒でやした」

と、八兵衛親分のことを〝兄イ〟と称《よ》んだ。

「おりゃあそのころ、まだ十五、六のガキでやしたが」

中山道《なかせんどう》の大宮宿《おおみやしゅく》で、追っていた仲間の敵《かたき》が旅籠に泊まっているのを突きとめ、斬

り込んだという。対手は三人で、味方は八郎兵衛と甚八の二人だった。旅籠が大騒ぎになるなか、三人を討ち果たし、

「そのときでやした」

甚八は声を詰まらせた。

逃げ遅れ、押入に隠れていた客が不意に飛び出し、それを八郎兵衛が、

「弾《はず》みで斬ってしまいやした」

「なんだって？　弾みで人を!?」

鬼助は驚いた。しかもそれが、乳飲み子をかかえた女だったという。子も母親も、一太刀で即死だったらしい。そのあと八郎兵衛と甚八は、

「逃げに逃げやした」

それからだという。胸中で、

「脇差に封印をしなすったのでさあ。以来、親分もあっしも、喧嘩で刀を抜いたことはありやせん。それに親分はいまなお、夢に見るのかときどきうなされておりまさあ。あっしも、ときおり……」

「……さようですかい。……そんなことが」

「へえ」

「分かりやすぜ、甚八さん。したが、こたびの揉め事は、いかように……」

鬼助はいくらか、武家言葉になっていた。

「それは、あっしも聞いておりやせん。ですが、見当はつきまさあ」

「いかように」

「おそらく、人知れず、暗いなかに又五郎を呼び出し、誰にも迷惑のかからねえように、神田川の川原になりやしょうか。胸中の封印を解きなさろう。もし、向こうの多次郎などがついて来ていたなら、あっしが引き受けることになりやしょう」

「ううっ」

と、こんどは鬼助がうなった。

「とうとう話してしまいやした。いいですかい、これはあんたの胸一つに。あっしは見まわりがありやすので」

言うと甚八は腰を上げた。

鬼助はしばし立てなかった。

気がついたとき、甚八はもう玄関に出ていた。

あわてて縁側に足音を立てたが、甚八はもう玄関を出ていた。鬼助は土間に飛び下り裸足《はだし》のまま腰高障子を引き開けた。角を曲がろうとしていた甚八はふり返り、

「ま、心配《しんぺえ》しねえで、ここでしばらく休んでいてくだせえ」

言うと、その背は角に消えた。笑顔だった。

（おめえさん方に、封印は解かさせねえぜ）

鬼助は決意とともに、心中につぶやいた。

三

「あれ、兄イ。帰《けえ》ってたのかい」

市左が玄関の腰高障子を開けたのは、陽がかなり西の空に入ってからだった。

「ああ。きょうは向こうさん、出て来そうになかったもんでよ」

と、鬼助は市左を居間で迎え、

「で、神田橋のほうはどうだったい」

「いま話さあ。土手のほうがひまなの、分かるぜ」

言いながら市左は畳に胡坐を組み、

「夜逃げに気づきやがったか、小柳町のほうを若え与太《わけ》どもが右往左往してやがったい。ま、きょうは土手どころじゃねえんだろうよ。きのう、兄イに叩きのめされ、おいそれと手を出しにくくなったこともあるだろうしよ」

と、市左は上機嫌だった。

仕事中に市左が訪れ、自分が見倒屋であることを明かしてから、

「――実は、夜逃げを」

神田橋御門外で、嘉吉の一件を話すと親方は手をとめ、

「――そうだったのかい」

と、きのう早朝、取立て屋が来たことはすでに知っており、

「――最近どうもおかしいと思っていたら、まあ、身から出た錆《さび》といやあそれまでだが、俺に相談してくれなかったのが、ちょいと寂しいぜ。おユイ坊を守るには、それしかなかったのかもしれねえがなあ」

親方が言えば、嘉吉の仕事仲間たちも手をとめ、

「――知ってりゃあ、みんなで餞別《せんべつ》でも用意したのによう」

「――博打の胴元は許せねえが、辰巳屋のおやじはもっと許せねえ」

「――そうよ。うす汚ねえ。あの狒狒おやじめ」

と、夕雷の又五郎や辰巳屋の辰三を非難しても、不意の夜逃げをなじる声がなかったのは、嘉吉のこれまでの仕事ぶりを示していたろうか。

親方も仕事仲間たちも、あえて行く先を訊かなかったことに、

「俺はけえってあそこの人らに、嘉吉への温情を感じたぜ」

市左は言ったものだった。訊かれても、むろん伝馬町にひと晩身を寄せたことも話したりはしないいし、今後の行き先はまだ決まっていないのだ。

その嘉吉が一人で伝馬町に帰って来たのは、陽がかなり西の空にかたむいた時分だった。

玄関口で、

「えっ。おタエさんとおユイ坊は？」

市左が訊くと、

「へえ、向こうに置いて来やした」

と言う。

居間で詳しく訊くと、下高井戸のおタエの親戚筋が、おタエが来たことを喜び、宿場中を走り早々に裏店《うらだな》に空き部屋を見つけてくれたという。それで受け入れ準備や近所への挨拶のため、おタエとユイを下高井戸に残してきたらしい。そこで、

「あした、大八車を貸してくだせえ」

と言う。

おタエとユイが伝馬町へ帰って来なかったのは、お島に不義理といえるが適切だった。夕雷の与太どもや辰巳屋の手の者が、どこに出ているか知れたものではない。家族三人がつながって帰って来たのでは、それだけ目につきやすい。実際、市左は神田橋の近くでそれらしい与太を目にしているのだ。

「なあに、大八車だけじゃねえ。俺もついて行ってやらあ。帰りは俺一人だ。おめえが大八車を返しにここへまた戻って来て、夕雷の与太に見つかったんじゃコトだ」

嘉吉は市左の言葉に両手を畳につき、神田橋の親方と仲間たちの話には頭をすりつけ、賭博に引っかかったおのれが情けないのか、しばらくすすり泣いていた。

黙して市左と嘉吉の話を聞いていた鬼助がそこへ、

「よし」

うなずきを入れた。なにかを隠しているようなその響きに、

「兄イ」

市左は怪訝な顔を向けた。鬼助がさきに帰って来ていたときから、なにやらいつもと異なった雰囲気を感じていたのだ。

「いや、なんでもねえ」

鬼助は言ったが、市左は首をかしげたままだった。

鬼助は話したかった。だが、嘉吉がいたのでは話せない。もちろん、甚八に口止めされた八郎兵衛の以前のことではない。あしたには嘉吉は江戸からいなくなり、鬼助と市左が黙っておれば、行く先は誰にも分からなくなるのだ。

夕刻近く、お島が帰って来た。

縁側に腰を下ろし、話を聞き、あした朝早く荷を運び出すことをお島は喜んだ。

「お礼はそのうち必ず」

その場で嘉吉は言い、

「引っ越し先はタエの親戚がいる……」

言いかけたのへ、

「あらあら。それはあたし、聞かないことにしますよ。これからもあの長屋へは行くことだし」

お島は言ったものだった。

柳原土手はきょう一日、夕雷一家の与太どもの姿は見られず、もめごとはなかった。

だが、相変わらず矢場と近くの茶店は雨戸を閉じ、そこだけ閑散としていた。

市左の言ったように、与太どもは嘉吉の行方を追うほうに出払っていたのだろう。

又五郎と辰三とのあいだにも二十両をめぐって諍いが起こり、柳原土手に攻勢をかける余裕はなかったのかもしれない。だが、両者の利害は一致している。辰巳屋のほうに動きがあった。


午後の、まだ陽の高い時分だった。

辰巳屋の玄関口は、土手の八兵衛一家の若い衆が広場に出て、変わった動きはないかと常に見張っている。

「親分、気になることが」

と、広場に出ていた若い衆が柳橋の住処へ伝えに戻って来た。

「いかにも強そうな浪人が一人、辰巳屋の番頭と一緒に入って行きやした。お客でもねえようだし、もしや用心棒でも雇ったのではと思いやして」

と、話す。

職人風の男に手下が三人、手もなく叩きのめされ、一人は小指の骨まで折られているのだ。それがどうやら土手の八兵衛一家の身内でなくても、それに近い者であることに間違いはない。いずれかから強そうな浪人を見つけ、夕雷一家に定まった住処はなくても、又五郎の依頼で辰巳屋が雇うというかたちで連れて来ても不思議はない。

「帰りを尾け、どこの誰か確かめろ」

八郎兵衛は命じたが日暮れても暖簾から出て来ず、広場のにぎわいは消え張込みは不可能となり、浪人の素性を確かめることはできなかった。おそらく浪人は座敷で酒《しゅ》肴《こう》でも受けていたのだろう。駈け戻った若い衆は、浪人の顔を知らなかった。

その浪人の腕次第では、土手の八兵衛一家にはきわめてまずい状態になるかもしれない。

「あした、もうすこし詳しく探りを入れてみやしょう」

「ふむ」

甚八が言ったのへ、八郎兵衛はうなずいた。二人とも、深刻な表情になっていた。

四

翌朝、陽が昇ったばかりだ。

奥の長屋ではまだ朝の喧騒《けんそう》がつづいている。

「おう、嘉吉どん。行くぞ」

「へい」

と、市左が牽き、嘉吉がうしろから押し、大八車は伝馬町を出た。

鬼助とお島が、棲家の玄関前で見送っている。

大八車が角を曲がるとき、嘉吉はふり返り、ふかぶかと頭を下げた。

物置部屋はまたカラになった。見倒した品はなにもなかったことになる。

「お島さん。割前のねえ仕事になっちまったなあ」

「いいんですよう」

大八車の曲がった角を見つめたまま、鬼助が言ったのへお島は返し、

「でも、おもしろうござんした」

と、白い息を吐いた。

朝の寒気のなかに鬼助は瞬時、背にいっそう冷たいものが走るのを感じた。鬼助にとって〝おもしろい〟のは、これからなのだ。

大八車の車輪の音も聞こえなくなった角に、

(すまねえ)

鬼助は心で市左に詫びた。

鬼助が意を決して出かけたのは、お島がとっくに出かけ、八丁堀の役人たちが奉行所に出仕したころだった。股引に腰切半纏を三尺帯で決めた、職人姿だ。行き先は南町奉行所である。

伝馬町から直接行くなら、外濠《そとぼり》の神田橋御門から外濠城内の武家地を通り、内側から行くのが最も近道である。

神田橋御門に近づいたとき、周囲に目をくばった。ここできのう、市左は夕雷一家の与太らしいのを見かけているのだ。与太どもは嘉吉の仕事場を知っていて、それで見張っていたのだろうが、夜逃げ二日目となれば、さすがにあきらめたか往来人のなかにそれらしいのは見られなかった。

江戸城外濠の各城門は、日の出から往来勝手となる。行商人や職人たちが随意に往来できなければ、城内の武家屋敷は生活が成り立たなくなる。ただし、一見して浪人と分かる者と異形《いぎょう》の者や遊び人風は誰何《すいか》され、追い返される。職人姿の鬼助は、

「ご苦労さまでございます」

軽く辞儀をして門内に入った。

雑多な諸人《もろびと》の息吹《いぶき》に満ちた町場から、環境は一変する。白壁がつづく往還は広く、人通りは極度に少なく、閑静そのものである。自然と町人は隅を歩き、紺看板《こんかんばん》に梵天《ぼんてん》帯《おび》の中間《ちゅうげん》とすれ違った。風呂敷包みをかかえているのは、あるじの遣いで外出したのであろう。鬼助には懐かしい姿である。いま歩を踏んでいる大名屋敷の白壁の往還も、堀部弥兵衛や安兵衛のお供で挟箱《はさみばこ》をかつぎ、幾度か通ったことがある。

南町奉行所に着いた。小谷健一郎の名を告げ門内に入ると、門番詰所横の同心詰所に、千太がいた。同心に用があって来た者は、この詰所で待つことになる。ほかにも幾人か待っている者がいる。

聞けばなんといま、あの不逞《ふてい》浪人の松沢伝兵衛と村山次三郎のお白洲が開かれ、小谷同心も出ているという。当然であろう、鬼助との連携で小谷がその二人を捕え、大番屋に引いたのだ。坂上屋の若いあるじ市太郎と番頭の義兵衛、料理屋・汐見亭の亭主や番頭、それに田町六丁目の茶店のあるじたちも来ているという。

少しでも早く裁許《さいきょ》の結果を聞きたい。このまま同心詰所で待とうかと思ったが、いつになるか分からない。

「和泉屋で待たせてもらうぜ。火除地広場の賭場の件だと言っておいてくんな」

鬼助は千太に言付け奉行所を出た。京橋の和泉屋なら茶店でも団子や煎餅《せんべい》のほか餅《もち》も幾種類かあり、腹ごしらえをしながら待つことができる。きょうは朝がことさらに早かったのだ。

行くと和泉屋のおやじがすぐ奥の部屋を用意し、手前の部屋を空き部屋にしようとするのを、

「いや、いいんだ。いつ来るか分からねえから」

言うとおやじは、

「いえ、それじゃわしが小谷の旦那に怒られますから」

と、板戸を開け放し空き部屋にしてしまった。茶店でも午近《ひる》くになれば書き入れ時なのに、これも八丁堀の威力であろう。

お白洲はかなり早くから始まっていたのか、思ったほど待つことはなかった。まだ午前《ひるまえ》だが腹ごしらえの最中に、

「おう、いい話を持って来てくれたらしいなあ。おっ、おめえ一人かい」

と、小谷同心が土間つづきの廊下から部屋の板戸を開けた。茶店の部屋は板敷きで襖《ふすま》などなく、板戸になっている。千太が一緒だった。

「ま、そういう都合になりやして」

鬼助は返した。

小谷は自分で薄べりを敷いて腰を下ろし、

「気になるだろう。あの不逞浪人二人なあ、ほかでもけっこう強請《ゆすり》たかりをやってやがって、生涯の江戸所払いになったぜ。おめえの叩き折った骨が治ると即執行だ。それまで小伝馬町の牢屋敷だ」

「ほっ、さようでやすかい」

　鬼助は応え、一刻も早く市左に知らせてやりたい気分になった。これで実家の坂上屋はお礼参りに怯《おび》えることなく、弟の市太郎の身を思えば、市之助こと市左はひと安堵であろう。

「で、火除地広場の賭場のことだって？　早《はえ》えじゃねえか」

「そりゃあ、まあ、近くなもんで」

　と、そこはあいまいに応え、鬼助は話した。

　それはまさしく筋違御門ではなく、町奉行所の管轄であった。

「ふむ」

　小谷同心は真剣な表情でうなずき、しばし鬼助との鳩首《きゅうしゅ》がつづいた。昼時分で客の入りはいいというのに、となりの部屋を空き部屋にしておいてよかった。二人とも押し殺した声で話しているが、壁に耳ありを気にしなくてすむ。

　話にひと区切りついた。

　小谷同心は前にかたむけていた上体をもとに戻し、

「ふーっ」

　ひと息つき、

「伊皿子台町の坂上屋のときとおなじだなあ」

「まあ、それしかねえもので」

鬼助は応えた。坂上屋では、鬼助が店場に入り、浪人二人を相手に立ち回りを演じ、小谷が捕方を連れて駈けつけるきっかけをつくったものだった。

そのときは相手が浪人であり、鬼助の身を思えば小谷に不安はあったが、まわりの助けもあり鬼助はなんとかやってのけた。

「まあ、こたびは脇差の与太どもと料理屋のあるじだ。おめえなら、そう心配することはあるめえ」

「へえ、お任せを」

小谷が言ったのへ、鬼助は返した。すでに鬼助は与太三人を叩きのめしており、対手となる連中の技量は分かっている。人数も多くはない。鬼助が抜くのは木刀であって真剣ではない。大騒ぎにはなろうが、血しぶきが辰巳屋の玄関に飛翔するわけでもない。問題は、坂上屋のとき以上に、間合いである。

おなじ昼時分だった。

土手の若い衆が、柳橋の住処《へえ》に走り込んでいた。八郎兵衛も甚八もそこにいた。

「きのうの強そうな浪人、また辰巳屋に入りやした」

若い衆は告げた。入ったところを見ただけだから、どこから来たのかは分からなかった。

「二日つづけてとは、やはり用心棒に雇われたのに違《ちげ》えありやせんぜ。鬼助さんにも知らせておきやしょうか」

「いや、それはいい」

甚八が言ったのへ、八郎兵衛は金壺眼にまばたきもせず、応えた。すでに八郎兵衛は、夕雷の又五郎と差しで決着をつける覚悟を決めているのだ。

「へえ」

甚八は応えたが、やはり念のためと思い、このあと一人で伝馬町に出向いた。しかし、玄関も縁側も雨戸が閉まっていた。

五

陽が西の空に大きくかたむいている。

土手ではきょうももめごとはなかった。夕雷の与太が二人、素見客《ひやかし》のあいだを縫うように歩き、甚八らは緊張しその背後にぴたりとついたが、単なる物見《ものみ》かすぐ土手から消えた。木刀を差した職人姿を警戒しているのかもしれない。

伝馬町では市左がカラの大八車を牽き、疲れた足取りで帰って来た。

「あれ、兄イ。まだかい。どこへ行ったんだろう」

つぶやきながら、縁側の雨戸を開けにかかった。

そこへお島が、長い影を引き帰って来た。

「あら、いまお帰り？　で、引っ越しは？」

「ああ、無事終わったぜ」

「そお、よかったあ」

お島は一、二歩、縁側に歩み寄ろうとした足をとめ、

「そう、そう。訊かないことにしてるんだ。あら、鬼助さん、いないみたいねえ」

と、長屋のほうへ通り過ぎた。

鬼助はそのとき、筋違御門の火除地広場にいた。そぞろ歩きの者も屋台のおやじたちも、長い影を落としそろそろ帰り支度に入ろうとしている。

そのなかに鬼助は混じり、

「よし」

と、辰巳屋のほうへ足を向けた。

その辰巳屋とおなじ須田町の自身番には、小谷健一郎の姿があった。地味な着物を着ながしに黒羽織を着け、千太を連れただけの軽い見まわりにちょいと立ち寄った風情である。すぐ近くの小柳町や連雀町《れんじゃくちょう》などの自身番には、町人風の男たちが入っている。それぞれが小さな風呂敷包みを抱えており、六尺棒は別途に奉行所の小者が運び込んでいた。

それを京橋の和泉屋で算段したとき、小谷同心は、

「――ほう、赤坂の質屋・鳴海屋《なるみや》に打込んだときとおなじだな」

言ったものである。

先月のことだ。悪徳女衒《ぜげん》まで兼ねている赤坂の質屋・鳴海屋を挙げたときも、捕方たちは近くの自身番に待機し、小谷の号令を待って一斉に打込んだものである。

それぞれの自身番で、いま準備がととのえられようとしている。

鬼助は辰巳屋の前に立ち、近くに来ている千太の姿を認めると、

「おう、ご免よ。夕雷の親分さんは来ていなさるかい」

と、頭で暖簾を分けた。

辰巳屋の玄関では、仲居が迎えたが鬼助の顔を知らない。来た男が客でもなさそう

で威勢のいいのを訝《いぶか》り、番頭が出て来た。

「夕雷の親分をお訪《たず》ねで？　どちらさまでございましょう」

「おう。おとといそこの土手で、夕雷の与太どもを相手に、ちょいと遊ばせてもらった者が来たと又五郎に告げてもらいてえ。又五郎がいなかったら、ここのあるじの辰三でもいいぜ」

辰巳屋の番頭も、おととい土手で夕雷の若い者三人が職人姿の男に叩きのめされた話は聞いている。見れば職人姿である。

鬼助が辰巳屋に乗り込み、立ち回りを演じて夕雷の与太どもが脇差を抜き大騒ぎになったところで千太が裏手の自身番に走り、小谷の号令で捕方が一斉に打込むとの算段である。鬼助は本来なら、見張りの役目を市左にやってもらいたかったのだが、嘉吉の引っ越しがきょうでは仕方がない。嘉吉たち家族を無事に江戸の外へ出しておくことが、この策の重要なところでもあるのだ。また、それがきょうだから、きょうのうちに小谷同心にこの話を持ちかけたのだ。

丁半の現場に踏込むのではない。あくまで眼前の刃物を振りまわしての喧嘩のなかに割って入るのだ。〝土手の八兵衛が密告《さ》した〟とのうわさは出ない。博打の件は、夕雷の又五郎や多次郎たちに加え、辰巳屋の辰三も大番屋に引いて締め上げれば、容易に吐くだろう。当然、裏を取るため客の名を吐かせ、それらがつぎつぎと大番屋に呼ばれることにもなろう。そこに指物職人の嘉吉や、辰三が狙ったユイの名が出ても、当人たちはすでに江戸にはいない。むろん、行く先も分からない。

鬼助の高飛車な口上に辰巳屋の番頭は驚き、

「しばらくお待ちを！」

廊下を奥に駈け込んだ。

鬼助は土間で待ってはいない。喧嘩を売りに来たのだ。

「いるようだなあ。上がらせてもらうぜ」

と、土足のまま廊下に上がり、番頭を追うように奥へ踏み込んだ。

仲居たちはわけが分からず、悲鳴を上げるでもなく、廊下の隅で寄りそい、こわごわと事態を見ている。

千太は玄関口に近寄り、中をのぞき込んだ。自身番に駈け込むのは、中で刃物を振りまわしての大騒ぎになってからである。まだ中から騒ぎは聞こえて来ず、野次馬が集まる気配もない。

又五郎も多次郎も辰巳屋に来ていた。これから丁半を開帳する予定だったのかもしれないが、まだその気配はない。いいときに暖簾をくぐったものである。

　廊下の奥からあるじの辰三に夕雷の又五郎、代貸の多次郎、さらに与太が三人ほど出て来た。互いに初対面だが、出て来たようすからすぐそれと分かった。与太のなかに、鬼助の木刀に痛めつけられた男がいた。悲鳴を上げるように叫んだ。

「お、親分、代貸！　こ、こいつです。木刀の職人野郎は！」

「そうかい。おめえかい、木刀をあやつる職人ってのは」

「ふふふ。いいところへ来てくれたもんじゃござんせんか、親分」

　又五郎が言ったのへ、多次郎がつないだ。

（ん？）

　鬼助は戸惑った。与太はともかく、又五郎も多次郎も落ち着いている。辰三もそうだ。鬼助の算段では、やくざ者の又五郎もあわてて脇差に手をかけ、鬼助も木刀を背から引き抜きぬいて騒ぎとなり、おもての千太が自身番に走り、つぎに与太の二、三人も打ち据え又五郎や多次郎と斬り結んでいるところへ、小谷が捕方十数人を率いて打込むはずだった。

　ところが、そう展開する気配がない。

「どうしたい。おめえさんらがお呼びだと聞いたから、俺のほうからわざわざ出て来てやったんだぜ」

鬼助が誘いをかけたのも、又五郎は無視するように、

「さあ、辰三旦那。呼んでくだせえ」

「は、はい。せんせーっ、出て来てくださいましっ」

(先生？)

鬼助は用心棒がいることを覚り、緊張とともに身構えた。

おもてでは人の引きはじめたなかに千太が、

(……？)

首をかしげていた。いっこうに騒ぎが起こらないのだ。

「おう」

声が聞こえ、奥から出て来た筋目のない袴《はかま》に無精な百日髷の男、

「旦那ア！」

「おぉっ」

不破数右衛門の松井仁太夫ではないか。

松井仁太夫こと不破数右衛門は、筋違御門の橋を渡った神田明神下の旅籠町《はたごちょう》の裏長屋に住み、町の名のとおり旅籠のならぶ町場で、一帯の用心棒をしている。これが風貌から、高田馬場の決闘で一躍有名になった堀部安兵衛と間違われたことがある。

実際、間違われていいほどの腕もあるのだ。

その松井仁太夫に、辰三が又五郎から頼まれ、番頭を明神下旅籠町に寄越し、

「――はい、料理屋の用心棒でございます。酔ったお客が騒いだときなど、ちょいと鎮《しず》めていただくだけで、あとは奥で旨《うま》いものを喰って酒でも飲んでいてくだされば よろしいので」

と、依頼したのである。

双方驚きのなかに鬼助は、

（まずい！）

機転を利かせた。

「だーっ」

背の木刀を引き抜くなり数歩踏み込み打ち込んだ。

松井仁太夫の不破数右衛門も一歩踏み込み、

――カチン
大刀を一寸ほど抜き、峰で鬼助の木刀を受けとめた。というより、鬼助の木刀がそこに入ったのだ。

鬼助と不破数右衛門だからできた芸当だった。鬼助の踏込みが語りかけるように見

えたのだ。それを数右衛門は受けとめたのである。

瞬時、両者の動きはとまった。壁に向かい、

「うむむっ」

「うぐぐっ」

鬼助は木刀で数右衛門の刀を押さえ込もうとし、数右衛門は一寸ほど抜いた刀の峰でそれを押し上げようとしている。二人の肩が密着している。

——力くらべ
背後の又五郎たちにはそう見えた。

鬼助の口が動いた。

「ここは賭場。役人が踏込みやす。従ってくだせえ、芝居で旦那、離脱。むむむっ」

「なに！　心得た。ぐぐぐっ」

背後にはうめき声しか聞こえない。

鬼助はすでに又五郎たちの前で、不破数右衛門の松井仁太夫を〝旦那〟と称《よ》んでいる。再度、叫んだ。

「旦那ア。賭場の用心棒に成り下がりやしたかい！」

と、一歩飛び下がった。

数右衛門の身が呼応した。

「なに！」

合わせて飛び下がるなり、刃《やいば》をすべて抜き放ち、切っ先を辰三に向け、

「やい、亭主。わしを謀《たばか》ったか！　賭場とは聞いておらなんだぞ。かあーっ」

刀を片手で振り上げ、

「あわわわっ」

あとずさりする辰三や又五郎の前を奥へ駈け抜け、そのまま裏玄関で店の下駄をつっかけ、勝手口から外に走り出た。

「ふーっ」

刀を鞘におさめ、板壁にもたれて大きく息をついた。

不破数右衛門は帰参を許された身である。それでも浪人に違いはないが、その身がやくざ者の賭場の用心棒で役人に縄をかけられたらどうなる……。鬼助のとっさの言葉に、数右衛門の脳裡はそこへ動いたのだった。

おもてで見張っていたのが市左なら、廊下で鬼助と浪人がとっさの動きを見せたときに自身番に走ったかもしれない。しかし、まだ騒ぎになっていない。千太は待った。だから松井仁太夫は悠然と現場を逃れる間合いを得たのだった。

奥に向かう廊下で、鬼助は木刀を手にしている。

「へん、おめえさんら。あの浪人さんを騙《だま》して連れて来ていたかい。いかさまバクチのインチキ胴元野郎」

外にも聞こえる大音声《だいおんじよう》だった。

「な、なに！」

思わぬ展開に又五郎は、

「野郎ども、かまわねえっ。たたんじまえっ」

「おーっ」

多次郎が鬼助に脇差の素っ破抜きをかけた。

——カチッ

鬼助は受けとめざま、身をかわした。多次郎が音を立て廊下の壁にぶつかった。

「わっ、始まった」

と、このとき千太は自身番に走った。

「野郎！」

又五郎も脇差を抜いた。

若い与太どもも抜いたがへっぴり腰である。

「あわわわ」

辰三は壁にもたれかかり、ずるずると崩れ落ち、その場に尻餅をついた。

「きゃーっ」

仲居たちが悲鳴を上げ、店の中を右へ左へと逃げ惑いはじめた。座敷に入っていた幾人かの客が足袋《たび》のまま玄関から飛び出す。逢引きをしていたらしい男女もいた。

「くそーっ」

又五郎は打ちかかったが木刀にはね返され、

「ううううっ」

あとずさりした。

与太どもはかまえてはいるが、打ちかかれない。

「どうしたい。こっちから行くぜ！」

鬼助は与太の一人に一歩踏み込むなり、上段から木刀を打ち下ろした。

――カシャン
脇差が廊下に叩き落とされた。

小谷同心が着物を尻端折に、打込み装束の捕方七人を引き連れ、

「鎮まれーっ」

怒声とともに、玄関に飛び込んだのはこのときだった。

不破数右衛門のいなくなった裏の勝手口からは、千太もあとにつづき捕方五人が打込んでいた。中の者に逃げ場はすでにない。

せまい廊下を奥とおもてからはさみ込んでいる。

「あああ、お役人。いま狼藉者を取り押さえようと」

又五郎は叫んだが、狼藉者が職人姿に木刀で、自分たちが抜き身の脇差では、情況は逆で言いわけにもならない。

小谷は十手を突き出し、

「やい、てめえら。ここで賭場を開いていたことも分かっているんだぜ」

「そそっ、それは、この又五郎親分に脅《おど》され、場所を貸していましただけでっ」

思わず辰三の口をついて出たのは、すでに二十両の件で両者のあいだにすき間風が吹いていたからであろう。辰三は大番屋で痛めつけられるまえに、賭場の開帳を白状してしまったことになる。

「なにを抜かしやがる!」

尻餅をついたままの辰三を、抜き身の脇差を手にしている又五郎が蹴った。

「ひーっ」

悲鳴とともに、

「かかれーっ」

小谷の下知《げじ》が飛んだ。

「おーっ」

捕方たちの声とともに、たちまち又五郎や多次郎、配下の与太どもの脇差は六尺棒に叩き落とされ、縄がかけられた。もちろん、賭場の開帳を白状した辰三も同様だった。

外はすでに暗くなりかけている。広場から帰りかけた人々が引き返し、辰巳屋の前には人だかりができていた。

そのなかに、若い衆を連れた甚八の顔もあった。

「…………?」

首をかしげていた。

自身番の弓張提灯《ゆみはりちょうちん》に囲まれ、一行が人通りの絶えた神田の大通りを茅場町の大番屋に向かったのは、そのあとすぐだった。辰巳屋の番頭たちもそのなかにあった。縄尻を取っているのは、もちろん鬼助ではない。鬼助は早い時期に、

「――旦那、あっしはこれで」

と、勝手口からさっさと引き揚げていたのだ。
弓張提灯の用意をして辰巳屋に集まった須田町や小柳町、連雀町の町役たちはホッとした表情で一行を見送った。もし今宵一夜でも、自分の町の自身番で縄付きの者たちを預かることになれば、警備に町内の若い者たちを動員し、気を遣うことこの上ない。出費もかさむ。そのあたりの機微《きび》を、小谷同心は心得ているのだ。

六

すでに深更である。
「兄イ！　いってえ、どういうことなんでえ」
市左はいきり立っている。
雨戸は閉めているものの、声が外に洩れそうだ。
無理もない。
(兄イは俺を遠ざけた)
市左は思わざるを得ないのだ。
鬼助は、おもてにつめかける野次馬を尻目に、裏の勝手口を出るとなにくわぬ顔でそこを離れた。すでに提灯が欲しくなる暗さになっていた。足取りは重かった。

（――市左にどう話そうか）

である。

「おう、兄イ。どこかで飲んでいたかい。だったら俺もさそってくれればよかったのによう」

屈託なく迎える市左へ、居間に腰を下ろし、薄暗い行灯の灯りのなかに、

「ともかく、嘉吉のほうはどうだったい。無事、下高井戸に入れたかい」

「ああ。無事だった。大した宿場じゃねえが、なあに嘉吉のことだ。指物《さしもの》の腕がありゃあ、どこでも喰っていけらあ。それに構えのまともな茶店などもあって、おユイ坊の働き口にもこと欠かねえようだしよう。それよりも兄イ、きょうは土手のほう、何事もなかったかい」

市左は問いを入れた。すでに夜のことであり、須田町での捕物騒ぎはまだ伝馬町には伝わってきていない。

「そのことだがよ。実はなあ……」

そこで鬼助は話した。

「な、な、な、なに！」

当然だった。市左は腰を上げ、行灯を倒しそうになった。

「ま、まあ、落ち着いて聞いてくれ」

「これが落ち着いていられるかい！」

「そうじゃねえんだ。辰巳屋へ打込むことができたのは、おめえが嘉吉を無事、江戸の外へ出してくれたからよ。おめえがついていたなら安心と思ってなあ。それでおめえらが出たあと小谷の旦那のところへ行って話すと、きょうさっそくってことになっちまったって寸法さ」

「だったら、兄イ。そんな算段があるんだったら、なんで俺に黙っていたんでえ」

「それは、おめえに話すと、おめえのことだ。嘉吉の荷運び放っぽり出して、一緒に乗り込むって言うだろうが。途中でもし嘉吉が一人で、夕雷の与太どもに出会ってみろい。あとがえれえことにならあ。だから、つい、黙って……なあ……」

そこは市左にも分かる。

だが、それで怒りが収まったわけではない。

翌朝、市左はまだ機嫌が悪かった。

「きのうのことよ、土手の八兵衛さんらも驚いていなさろうから、ちょいと事情を話しに行ってくらあ。一緒に行くかい」

「てやんでえ。兄イ一人がやったことじゃねえか。俺がついて行ってどうなるよ」

市左は横を向いてしまった。

仕方なく鬼助は一人で出かけた。

土手には上がらず、直接、柳橋に向かった。

まだ朝のうちとはいえ、すでに土手の兄弟たちは出ており、昨夜の広場でのうわさでもちきりのはずだ。鬼助が一枚からんでいるらしいことも、うわさされているだろう。きのう辰巳屋に入るところを、若い衆が見ているのだ。訊かれてどう説明するにしても、八郎兵衛や甚八よりさきに話すわけにはいかない。

柳橋の住処では、

「おぉう、おう、鬼助さん。これから伝馬町へ行こうと思ってたところだぜ」

と、甚八が待っていたように玄関で迎えた。

昨夜、辰巳屋の騒ぎが八郎兵衛一家に伝わり甚八が駈けつけたとき、すでに小谷健一郎が捕方たちに命じ、縄付きになった夕雷の又五郎や辰巳屋辰三らを大番屋に引いて行くところだったのだ。土手の八兵衛一家は、賭場の手入れにはまったく蚊帳《かや》の外だったのだ。

さっそく奥の居間で鬼助は、八郎兵衛、甚八と箱火鉢をはさんだ。

蚊帳《かや》の外だった八郎兵衛たちの関心は、鬼助の入ったあと、同心の小谷健一郎が間合いよく捕方を引き連れ打込んだことである。

(鬼助は役人と申し合わせていたのではないか)

だとすれば、向後の鬼助とのつき合いは考えねばならない。八郎兵衛たちは南町奉行所同心の小谷健一郎を見知っているが、鬼助と市左がその隠れ岡っ引になっていることは知らない。

「いや、見倒屋などをやっていると、なにかと同心に目をつけられてなあ」

と、そこは八郎兵衛たちにも分かる。

「きのうも伝馬町に来たので、世間話のつもりで夕雷の与太と喧嘩をし、それであした辰巳屋に俺が乗り込むって話をしたら、ほれ、賭場の一件で小谷さんは辰巳屋に目をつけていたらしく、〝そいつはいい、俺も一枚乗せろ〟と、捕方まで手配しなさったのさ。こいつはおもしれえと俺も思い、むしろこれは土手のほうにゃ話さねえほうがいいと思ってよ。勝手に判断したことはすまねえ」

鬼助の話に、八郎兵衛は甚八と顔を見合わせ、

「ありがてえ配膳だぜ」

二人のうなずき方から、実際にそう感じたようだ。

　さらに甚八が、

「強そうな用心棒はいなかったかい」

「いたいた。あれには俺も驚いた」

　鬼助は応え、

「なにしろ明神下の松井仁太夫さまでやしたからねえ」

「なに！」

　と、これには八郎兵衛も甚八も絶句した。

　八郎兵衛も甚八も、松井仁太夫をよく知っている。明神下の用心棒として名が知られているし、仁太夫が両国橋を経て本所三ツ目の安兵衛の道場に行くときは、柳原土手を通っているのだ。もちろん八郎兵衛も甚八も、松井仁太夫が不破数右衛門という赤穂浪人であることを知らない。いつもの行く先も知らない。ただ名の知れた浪人ということで、いちど土手で声をかけてこの住処に招き、一献かたむけたことがあり、その人柄もよく知っている。

　鬼助はそれを承知で言った。

「とっさに俺は言ったのでさあ。旦那がバクチ打ちの用心棒ですかいってさあ。すると松井さまのほうが驚き、話が違うぞっとその場で辰巳屋のあるじを一発張り倒し、裏口から悠然とお帰りさ。そのあと俺と又五郎たちとのやりとりになり、そこへ小谷さんが六尺棒を連れて踏み込んで来やしてね。まったく危機一髪でござんしたよ」

「ほおう」

「あのお方なら、賭場の用心棒などやりなさるはずはねえ。辰巳屋のおやじめ、なにか別の話をこしらえて引き込んだのだろう。だから張り倒された、あはは」

八郎兵衛が得心したようにうなずいたのへ甚八がつなぎ、

「ついでに又五郎も二、三発、張られていたらおもしろかったのでやすが」

と、緊張した雰囲気がやわらいだなかへさらに甚八は、

「市左どんがいっこうに出て来ねえが」

「それなら、ほれ。市どんには夜逃げの後始末でさあ。それがあったから、俺も八丁堀がついていることが分かっていても、辰巳屋へ乗り込めたのでさあ」

「なるほど」

八郎兵衛がまたうなずいた。嘉吉たち家族が江戸の外へ逃れる話は、八郎兵衛も甚八も事前に聞いて知っている。

帰りしな、甚八が玄関口まで見送り、さりげなく言った。

「きょうからまた、矢場を開けさせてもらいやすぜ」

「それはよござんした」

鬼助はさらりと返したものだった。


鬼助が柳橋で八郎兵衛たちと話しているころ、伝馬町で市左はふてくされて寝ていたわけではない。やはり気になる。

茅場町の大番屋に足を向けていた。ようすが気になるのだ。

大番屋には数人の同心が出張っていた。捕方たちもいた。

昨夜、引かれて来た人数は多く、忙しいなかにも市左が顔を見せると、小谷は隅に引きそっと言った。

「端《はな》からご開帳の尋問さ。これから客になっていたやつらも聞き出して、つぎつぎとここへ呼ぶことになるぞ」

市左はどきりとし、

「そのまま牢につながれることも？」

「ま、ひとまず返して町内預かりくらいかな。お白洲には出てもらうことになる。それで百敲《ひゃくたた》きくらいにはなろうよ」

小谷が言ったのへ、市左はあらためて心ノ臓が高鳴るのを覚えた。

午過ぎには、市左も鬼助も伝馬町に帰っていた。

市左はまだ渋面《じゅうめん》を崩さないものの、大番屋のようすを話した。鬼助は響くように反応した。

「ほれ、みろい。おめえの仕事は慥《しか》と嘉吉たちを救ったのだぜ」

「ま、そりゃそうだが」

と、このときはまんざらでもない顔になり、

「そうそう」

鬼助はさらに言った。

「きのう話すのをすっかり忘れていたが」

と、京橋の和泉屋で小谷から聞いた、不逞浪人の松沢伝兵衛と村山次三郎が、骨の治りしだい生涯江戸所払いになったことを告げた。

このときばかりは市左も、

「ほう、ほうほう」

と、相好を崩した。小谷が大番屋に来た市左にそれを話さなかったのは、きのうす

でに鬼助に話したからだろう。

また、きのう市左が辰巳屋の現場にいなかったものの、小谷は直前にそこを去った浪人のことはなにも質《ただ》さなかった。気になっておれば質しそうなものだが、それがなかったということは、小谷はやはり気づいていなかったことになる。辰三や又五郎たちも、訊かれないことをわざわざしゃべるはずはないだろう。話してもなんの得にもならない。小谷も神田祭で仁太夫が町の用心棒をしていたこともあって面識はある。しかし、仁太夫が不破数右衛門であることはまったく知らない。まさしく鬼助が八郎兵衛と甚八に言ったように、〝危機一髪〟だったのだ。

七

つぎの日の夕刻近くだった。

両国米沢町の魚屋のせがれが、

「ご隠居がお呼びです。いますぐに」

と、鬼助を呼びに来た。堀部弥兵衛は鬼助に用があるときは、町内の誰かを遣《つか》いに寄越す。誰もがこころよく応じるのは、それだけ弥兵衛に人望があり、和佳や幸の日ごろの町内のつき合いもよいからであろう。

鬼助は魚屋のせがれをさきに帰し、

「どうだい、一緒に行くかい」

「へん。俺が呼ばれているわけじゃねえや。兄イ一人で行きゃあいいじゃねえか」

と、市左は一緒に行きたいのをこらえ、ふたたび渋面をこしらえた。

市左は鬼助とのつき合いで、高田馬場の英雄である堀部安兵衛と面識を得たことが嬉しくてたまらない。安兵衛が本所三ツ目に道場を構えたとき、鬼助と一緒に行ったことがある。松井仁太夫が不破数右衛門であることも知っている。市左の世間に秘めた、大きな誇りがそこにある。それらを小谷健一郎や土手の八兵衛らに秘していることも、優越感にも似た心の充実をもたらしているのだ。

「――へへん、兄イのおかげだぜ」

市左はいつも言っている。

それがいまは〝兄イ一人で行きゃあいい〟である。白刃の下をくぐらねばならなかったかもしれない、のるかそるかの策に、自分が外され相談もされなかったことが、ことさらに悔しかったのだ。

仕方なく、

（いますぐとは、なんの用だろう）

と、鬼助はまた職人姿のまま一人で出た。

きょうのことである。きのう鬼助のおかげでホッと安堵の息をついた松井仁太夫の不破数右衛門は、ちょうど鬼助が柳橋の住処で八郎兵衛と甚八にきのうの捕物騒ぎの話をしているとき、柳原土手を歩いていた。汗を流しに、安兵衛の道場に向かっていたのだ。

道場には安兵衛のほか横川勘平《よこかわかんぺい》や小山田庄左衛門《おやまだしょうざえもん》ら六人もの同志が起居しており、休憩のときにも敢えて話さなかった。

だが、誰かに話したくて口がうずうずしていた。

すこし早めに道場を切り上げ、帰りに米沢町に立ち寄った。そこなら弥兵衛老と和佳と幸の三人だけだ。おもしろおかしく話すにはうってつけの場である。間一髪で難を逃れた、聞く者も緊張し、そしてよろこびそうな話である。

奥の裏庭に面した居間に上げられ、

「――実はご老体、奥方、幸どの。きのうおもしろい場面に出くわしましてなあ。鬼助のおかげで……」

と、鬼助のからんでいることに、弥兵衛も和佳、幸も興味を示した。

ところが、

「――まあ、さような」

和佳が途中で眉をひそめ、話が終わるなり弥兵衛は、

「――馬鹿者！」

烈火のごとく怒り、怒鳴りつけた。

思わぬことに数右衛門は座したままうしろへひと膝とび退《すさ》った。驚きのなかにきょとんとした表情である。

「――分からぬか！　この愚か者めがっ。おまえがかつて殿の怒りを買い、藩を放逐された理由がよう分かるわい」

なおも弥兵衛の声は大きく、いまにも数右衛門を打擲《ちようちやく》しそうな勢いに、

「――おまえさま、なにもそこまで」

「――父上、声が大き過ぎまする」

和佳と幸がとりなしに入った。

弥兵衛は声を抑え、肚《はら》から絞り出した。

「――おまえは帰参しておるのだぞ。正真正銘の元浅野家臣となったのじゃ。分かる

か。日々みずからを律しておらねばならぬ身になっておるのじゃぞ」

「――うへーっ」

数右衛門はその場に平伏した。

怒りの意味が分かったのだ。

そのながれで、

「――鬼助を呼べ」

と、なったのだった。鬼助こそいい迷惑であろう。

「へい。鬼助、参りました」

いつものように玄関脇から裏庭にまわり、数右衛門とおなじ居間に上げられた。首をうなだれた数右衛門を見て、鬼助は事態を察した。弥兵衛から質《ただ》され、恐縮する数右衛門の横で、八郎兵衛たちに話したのとおなじように説明した。南町奉行所同心の隠れ岡っ引をしていることは、数右衛門にも弥兵衛たちにも秘している。

(秘したまま、小谷同心をとおして奉行所の浅野家臣への対処を探ってやろう)

鬼助の独自の判断である。話せば弥兵衛たちは、元中間の鬼助にこれ以上の負担をかけてはならないと思うであろう。それが鬼助には心苦しいのだ。話したのは、家臣団の域外にあってこれからも連絡を取り合わねばならない、磯幸の奈美だけであり、このことは市左も、誇りとともによくわきまえている。

「おまえもじゃ、鬼助。見倒屋などとみょうな稼業をしていても、余計なことには関わらず、身を律しておらねばならぬぞ」

弥兵衛に言われ、和佳も幸もうなずいていたのが、鬼助には嬉しかった。

帰りは数右衛門と途中まで一緒だった。人の潮が引き暗い空洞となった両国広小路に、提灯を手に歩を踏みながら、鬼助は言った。

「まったく旦那、きのうはひやひやしやしたぜ」

「すまねえ」

数右衛門は言葉少なに返した。

広小路を出たところで、二人は別れた。

一人で提灯の灯りに歩をひろいながら、鬼助は心中につぶやいた。

(あの旦那、人はやたらといいんだが)

伝馬町の棲家では、はたして待っていた市左が玄関の板敷きを手燭で照らし、

「どんな用でしたい」

興味深げに訊いた。

「まあ、ゆっくり話さあ」

と、居間に入り、鬼助は詳しく話した。

聞いた市左は言ったものだった。

「弥兵衛老のお怒り、分かるような気がしやすぜ」

さらに、

「不破の旦那、ほんとうに人がよすぎやすからねえ」

八

翌日だった。まだ朝のうちで、鬼助と市左が、

「きょうは荷運びの仕事でもさがしに行くかい」

などと話しているところへ、玄関に訪《おとな》いを入れる声があった。

「うん？」

と、鬼助にも市左にも聞き覚えのある声だ。市左が出ると、やはり紺看板に梵天帯で木刀を腰の背に差した、吉良邸の門番の中間《ちゅうげん》だった。

門番は玄関の土間に立ったまま、

「加瀬さまが、二人とも至急来るように、と」

（なんとも忙しい日がこうもつづくかよ）

思いながら鬼助も玄関の板敷きに出て、

「またどなたか新しい人が越して来て、その荷運びかい」

だとしたら、吉良邸の動きが分かる一端となる。きのう会ったばかりの、皺《しわ》を刻んだ弥兵衛の顔が目に浮かんだ。

「それは知らねえ。ともかく至急、呼んで来い、と」

「そりゃあちょうどよかった。俺たちゃ、いま出かけるところだったのよ」

「えっ、どこかへ用事で？」

「いや、どうでもいい野暮用よ。行き違いにならなくってよかったなあってことさ。なあ、兄イ」

と、市左は上機嫌だった。呼ばれたなかに、自分も入っていたのだ。

「おう、そういうことだ。中間さん、ちょいとここで待っていてくんねえ」

そのような市左を鬼助は、

（やっと機嫌をなおしてくれたか）

と、よろこび、さっそく縁側の雨戸を閉めにかかった。

きょうも職人姿だが、ひさびさに木刀なしで出た。木刀があたりまえの武家の中間

と肩をならべて歩き、

『職人さんが、なんで木刀などを？』

などと道のつれづれに訝《いぶか》られたりしないための用心である。

吉良邸の中間は、屋敷から言われているのか、三人で肩をならべて道を歩きながらも無口だった。もっとも中間は、屋敷のことをべらべらしゃべったりしないものだ。

それは鬼助が一番よく知っている。

喧騒な両国橋を渡り、吉良邸に着いた。いつもの裏門である。

やはり門内に入ると、

「ここで待っていなせえ」

と、門番詰所に入れられ、そこから先に進むことはできなかった。

門番が中に駈け込むと、入れ代わるように加瀬充之介が小走りに出て来た。詰所に入ると板戸を閉め、

「いやあ、こんなに早く来てくれるとは思わなかったぞ」

と、機嫌はよさそうだった。

「そう火急《かきゅう》の話ではないのだが……」

と、さっそく用件を話しはじめた。

「このまえそなたらに身辺調べを頼んだあの二人、ほれ、田町六丁目の浪人さ。調べが早かったうえにまったく正確だったと、ご家老も山吉新八郎どのもよろこんでおいでてなあ」

と、まえにも言ったことをまた話し、

「もう一人、頼まれてもらいたいのだ」

と、ふたたび新規雇いの浪人の身辺調べだった。

「がってんでさあ」

市左が即座に返した。

四ツ谷に住む浪人だった。

加瀬はつづけた。

「そう急がなくてもよいが、まあ、早いほうがよい。ともかく正確に、な。この仕事もうまくいけば、俺が屋敷での浪人集めまで任されるようになるかもしれぬ。そのときはそなたらを頼りにしておるゆえ、よろしゅう頼むぞ」

(ううっ)

冗談で言っているようではない。瞬時、鬼助は心ノ臓が激しく打ったのを感じ、つぎの瞬間には、

「へえ。そのときは、加瀬さんの顔をつぶすようなことはいたしやせん」

加瀬は鬼助の即座の反応に、

「ふむ」

大きくうなずいた。いま屋敷内で、そのような話がされているようだ。

名と住まいを詳しく聞き、鬼助と市左は吉良邸の裏門を出たその足で、四ツ谷に向かった。

往来人や大八車の行き交う往還に歩を踏みながら市左は、

「へへ、荷運びじゃなかったが、こっちのほうがおもしれえぜ。どうでえ、兄イ。見倒屋稼業に荷運び。それに逃がし屋に浪人相手の口入屋《くちいれや》の看板でも掲げるかい」

と、冗舌だった。

「ふふふ」

鬼助は笑みを返した。市左の機嫌がなおっている。

(これが市左どんなんだ)

と、それへの笑みだった。

市左はそれを〝口入屋〟への反応とみたか、

「口入れが本所の御用達《ごようたし》とありゃ、こいつはますますおもしれえぜ」

外にあっては、どこにどのような耳があるか分からない。歩きながらの会話でも、〝吉良〟とか〝赤穂〟の名はいっさい口にしない。これは幾度か市左は鬼助に注意され、心得ている。

身辺調べだけでなく、最初から人をさがす〝浪人集め〟まで請け負うようになれば、吉良邸のようすがいっそう詳しく判ることになる。そこを市左は〝ますますおもしれえ〟と言ったのだが、

「うおっほん」

鬼助は咳払いをした。

「へえ、こりゃどうも」

歩を進めながら、市左はぴょこりと頭を下げた。

(路上で、めったなことを言うな)

との鬼助の意を解したのだ。

四ツ谷に着いた。外濠の四ツ谷御門外から甲州街道を中心に、内藤新宿《ないとうしんじゅく》の手前までつながる広い範囲の町場や武家地の混在地だが、詳しく聞いていたから浪人の住まいはすぐ探しあてた。

職人姿の二人にとって、他人《ひと》の身辺調べなど、

（造作もない）

ことだった。

下野《しもつけ》の産で三十がらみの人物だというが、

「なんなんだね、あんたがた。あの浪人の知り合いかね。生国《しょうごく》？　知らないよ」

「なにやって喰っているのだか、日傭取《ひようとり》にはときどき出ているようだが」

と、近辺でのうわさはきわめて悪かった。

さらに聞き込みを入れると、おなじ長屋のおかみさんだったが、

「以前は化粧の濃い女がときどき訪ねて来て、そのときはもうあの部屋ったら……」

卑猥《ひわい》な嗤《わら》いを浮かべ、

「でもさ、愛想をつかされたのか、女はもう来ないよ。いまじゃ酒びたりで。大家さんも困りなすっているのさ」

市左の背を道端に押し、声をひそめたものだった。

それだけではない。

「夜さ、ときおり街道筋に追剝《おいはぎ》が出るってうわさだけど。いえいえ、出た日にその浪人が夜中に戻って来たのを見たわけじゃないが」

話したのは、近くの八百屋のおやじだった。鬼助を店の隅に引き、ひそひそ声にな

ったものだった。

もう面《つら》を確かめることも、腕を試してみる必要もない。もしこのような浪人を雇ったなら、近辺の住人たちは首をかしげ、それが広まって、ただでさえなにかと取りざたされている吉良家は、

——怯《おび》えもそこまで嵩《こう》じたかい。哀れな
と、諸人《もろびと》に蔑視《べっし》まで生じさせることになるだろう。

家老の左右田孫兵衛やお長屋の武士団を束《たば》ねる山吉新八郎らの、最も気を遣っているところである。

その吉良家からの依頼である。

直接、確かめた。

その者の行き先を突きとめ、夕刻近くに長屋の近辺で待ち受けた。はたしてくずれた表情で、精悍さがまるで感じられない。松井仁太夫の不破数右衛門とは雲泥《うんでい》の差である。それに酔っている。さりげなく市左が出て、すれ違いざまに刀の鞘に触れた。

予想したとおりだった。

「待ていっ、町人！」

その者は刀の柄に手をかけた。浪人でもまともな武士なら、この程度で怒ったりは

しない。それにすぐ刀に手をかけ威嚇するのは、腕も分別もない証拠である。

人だかりができるまえに鬼助が脇からすかさず飛び出し、薪雑棒《まきざっぽう》で向こう脛《ずね》を打ち据え、ふり向きもせず走り抜け市左もそれにつづいた。

「痛てて、こらあ！」

声だけ聞こえ、追って来る気配はない。崩れ落ちて脛をかかえているのだろう。

角を曲がって足をとめ、

「決まりだな」

「そのようで」

二人は帰路についた。

翌日午前、二人は吉良邸の裏門を叩き、門番詰所で加瀬充之介に、

「よしなせえ、あの男は」

報告した。

吉良家に貢献していることになるが、加瀬を通じて信を得れば、さらに吉良邸の奥が見られる。

三日ほどを経て、加瀬充之介が伝馬町に来た。

居間で加瀬は言った。

「おぬしらの言うとおりだった。四ツ谷のあの者、不採用となった」

さらに加瀬が言うには、吉良家では浪人を雇うにあたって、まず町場のことは町人に調べさせ、

「それを俺が担当しておるのだ。おぬしらがいてくれておるからなあ」

加瀬は話した。その報告をもとに山吉新八郎が配下の家士を使って確認させ、そのうえで雇うかどうかを決める按配が出来上がったらしい。

「それもこれまでのおぬしらの調べが、早くて正確だったからだ」

そうな。

「で、新しい浪人さんを見つける話は？」

「近いうちにきっとそうなる。さように心得ておいてくれ」

鬼助の問いに、加瀬は自信ありげに応えた。

(弥兵衛さまへの報告ができる)

鬼助の脳裡に走った。

そうしたお家の奥の話をするのに、門番詰所では具合が悪いから、わざわざ出向いて来たようだ。

加瀬が帰るのを玄関の外まで出て見送り、その背が角を曲がると市左は思わず鬼助

に、

「兄イ、おもしれえ」

「ふむ」

鬼助はうなずきを返した。

陽がかなりかたむいた時分だった。地味な着ながしに黒い羽織の八丁堀姿の小谷健一郎が、千太を連れてふらりと来たのは、その翌日だった。加瀬と鉢合わせにならなくてよかった。

小谷は加瀬と違って気さくに縁側へ腰を下ろし、

「お白洲はまだだが、調べはおよそ終わってなあ、又五郎と多次郎は遠島かな。辰巳屋の辰三は闕所《けっしょ》（私財没収）は免れめえ。遠島までは行かねえだろうが、江戸所払いくらいは裁許されようかなあ」

話した。闕所にならずとも、あの日以来、辰巳屋は店を閉じたままで、柳原土手にはいつものにぎわいが戻っている。

小谷は冬の陽光を浴びながら、機嫌よさそうにつづけた。

「賭場の客になっていたなかには、近辺の旦那衆もいてな、そいつらお白洲のあと、奉行所の門前で百敲きにでもされてみろい。見物人も多いだろうし、闕所にはならずとも、みっともなくってこの神田界隈じゃもう暖簾を出すことはできなくなろうよ」

「もっともで。それで客のなかで捕まらなかったのはいやせんので？」

市左が問いを入れた。

「雑魚《ざこ》は放っておいてもよい。常連客で所在の分からねえのもいたが、そんなのを追いかけるひまは奉行所にはねえ。そんなのは放っておいて、数日後にお白洲がありゃあ、それで須田町のことは一件落着よ。ま、きょうはそれを事前に教えておいてやろうと思うてな」

やはり嘉吉の名は出ていたようだ。

「そうそう」

と、小谷は上げかけた腰をまた下ろし、

「伊皿子台町で騒いだあの浪人二人よ。牢内じゃロクな治療もできねえ。骨がなかなかくっつかなくてよ。おかげでまだ所払いになっちゃいねえ。やつら、骨が元どおりにならねえのじゃねえかって、青くなってやがる。おめえも、もうすこし手加減してやりゃあよかったのによ」

「へえ。あのときはつい、余裕がなかったもので」

鬼助は返した。実際にそうだった。

横で市左が、真剣な表情になっていた。

小谷が帰ったあと、縁側に胡坐を組んだまま、

「兄イ。俺、この稼業、まだまだつづけるぜ」

「俺もだ」

うなずき合ったところへ、

「あ、いたいた。こんどは金になりそうだから」

と、お島が背の荷を縁側に下ろした。新たな夜逃げか駆落ちの話を、またつかんで来たのかもしれない。

元禄十四年（一七〇一）の霜月（十一月）は、もう下旬になっていた。

時代小説

二見時代小説文庫

冴《さ》える木刀《ぼくとう》 見倒屋鬼助《みたおしやきすけ》 事件控《じけんひかえ》5

著者 喜安幸夫《きやすゆきお》

発行所 株式会社 二見書房
東京都千代田区三崎町二－一八－一一
電話 〇三－三五一五－二三一一［営業］
〇三－三五一五－二三一三［編集］
振替 〇〇一七〇－四－二六三九

印刷 株式会社 堀内印刷所
製本 ナショナル製本協同組合

ISBN978－4－576－15182－3
http://www.futami.co.jp/

因果の棺桶　はぐれ同心 闇裁き3

喜安 幸夫［著］

死期の近い老母が打った一世一代の大芝居が、思わぬ魔手を引き寄せた…。天下の松平を向こうにまわし、龍之助の剣と知略が冴える！　好評シリーズ第3弾！

老中の迷走　はぐれ同心 闇裁き4

喜安 幸夫［著］

百姓代の命がけの直訴を闇に葬ろうとする松平定信の黒い罠！　龍之助が策した手助けの成否は？　これぞ町方の心意気！　天下の老中を相手に弱きを助けて人活躍！

斬り込み　はぐれ同心 闇裁き5

喜安 幸夫［著］

時の老中の家臣が水茶屋の妓に入れ揚げ、散財しているという。極秘に妓を〝始末〟するべく、老中一派は龍之助に探索を依頼する。武士の情けから龍之助がとった手段とは？

槍突き無宿　はぐれ同心 闇裁き6

喜安 幸夫［著］

江戸の町では、槍突きと辻斬り事件が頻発していた。奇妙なことに物盗りの仕業ではない。町衆の合力を得て、謎を追う同心・龍之助がたどり着いた哀しい真実！

口封じ　はぐれ同心 闇裁き7

喜安 幸夫［著］

大名や旗本までを巻き込む巨大な抜荷事件の探索を続ける同心・鬼頭龍之助は、自らの〝正体〟に迫り来たる影の存在に気づくが…。東海道に血の雨が降る！　第7弾！

強請《ゆすり》の代償　はぐれ同心 闇裁き8

喜安 幸夫［著］

悪徳牢屋同心による卑劣きわまる強請事件。被害者かと思われた商家の妾には、哀しくもしたたかな女の計算が。悪いのは女、それとも男？　同心鬼頭龍之助の裁きは!?

追われ者 はぐれ同心 闇裁き9

喜安 幸夫［著］

夜鷹が一刀で斬殺され、次は若い酌婦が犠牲に。犯人の真の標的とは？ 龍之助はその手口から、七年前に起きたある事件に解決の糸口を見出すが…。シリーズ第9弾

さむらい博徒 はぐれ同心 闇裁き10

喜安 幸夫［著］

老中・松平定信の下知で奉行所が禁制の賭博取締りをかけるが、逃げられてばかり。松平家に内通者が？ おりしも上がった土左衛門は、松平家の横目付だった！

許せぬ所業 はぐれ同心 闇裁き11

喜安 幸夫［著］

松平定信の改革で枕絵や好色本禁止のお触れが出た。お触れの時期を前もって誰ら漏らしたやつがいる！ 龍之助は張本人を探るうちに迫りくる宿敵の影を知る！

最後の戦い はぐれ同心 闇裁き12

喜安 幸夫［著］

松平定信による相次ぐ厳しいご法度に、江戸は一揆寸前！ 北町奉行所同心・鬼頭龍之助は宿敵・定信に引導を渡すべく、最後の戦いに踏み込む！ シリーズ、完結！

抜き打つ剣 孤高の剣聖 林崎重信1

牧 秀彦［著］

父の仇を討つべく八歳より血の滲む修行をし、長剣抜刀「卍抜け」に開眼、十八歳で仇討ち旅に出た林崎重信。十一年ぶりに出羽の地を踏んだ重信を狙う刺客とは…!?

燃え立つ剣 孤高の剣聖 林崎重信2

牧 秀彦［著］

日《ひ》の本《もと》の兵法者が競う御前試合に臨まんとする林崎重信の胸に、昨年の命懸けの闘いが蘇ってきた。二刀を操る宮本無二斎、巌流佐々木小次郎。好敵手との決着は？